EX LIBRIS

Aus der Bibliothek von:

Die drei !!!

Die drei !!!

Mira Sol

Die drei !!!

Vier Pfoten in Gefahr

Kosmos

Umschlagillustration von Ina Biber, Gilching
Umschlaggestaltung von Friedhelm Steinen-Broo, eSTUDIO CALAMAR

Unser gesamtes lieferbares Programm und viele weitere Informationen zu unseren Büchern, Spielen, Experimentierkästen, DVDs, Autoren und Aktivitäten findest du unter **kosmos.de**

Weitere Bände dieser Reihe siehe S. 144

FSC
www.fsc.org
MIX
Papier aus verantwortungsvollen Quellen
FSC® C014496

Gedruckt auf chlorfrei gebleichtem Papier

ISBN 978-3-440-16517-1
Redaktion: Franziska Kunze
Lektorat: Claudia Müller
Produktion: DOPPELPUNKT, Stuttgart
Druck und Bindung: GGP Media GmbH, Pößneck
Printed in Germany / Imprimé en Allemagne

Die drei !!!

Vier Pfoten in Gefahr

Überraschung

»Der Tatort sah schrecklich aus«, raunte Blake. »Das Parkett war von Wasser durchtränkt und mit unzähligen Glasscherben bedeckt. Sie glitzerten im fahlen Mondlicht wie Dolche aus Eis. Das Fenster stand offen. Die schweren Vorhänge wurden vom Sturm hin und her gepeitscht. Ihre Schatten an der Wand glichen großen schwarzen Fledermäusen, die einen Totentanz vollführten.« Blake sah die drei !!! aus schmalen Augen an. »Und dann«, fuhr er mit rauer Stimme fort, »als das Dienstmädchen zum Fenster eilte, um es zu schließen, entdeckte es das Unfassbare: Auf dem Boden vor der Kommode lagen Sissi und Franzl. Beide waren tot!« Blake trommelte kurz mit den Fingern auf der Tischplatte. »Was war geschehen?«

Für einen Moment herrschte Schweigen. Nur das satte Motorengeräusch des auf der Autobahn dahingleitenden Wohnmobils war zu hören.

»Sehr schön«, hauchte Franzi schließlich. »Echt gruselig!« Sie lehnte sich zurück und gab ihrem Freund einen Kuss auf die Wange.

»Und wie«, bestätigte Kim. »Ich habe eine richtige Gänsehaut bekommen.«

Blake grinste. »Prima. Dann rätselt mal los.« Er schnappte sich einen der roten Äpfel aus dem Korb, den Marie vorhin auf den Tisch gestellt hatte, und biss genüsslich hinein. »Ihr kennt die Spielregeln«, nuschelte er. »Ihr dürft nur Fragen stellen, die mit Ja oder Nein beantwortet werden können. Und Connie macht nicht mit, sie kennt die Story schon!«

Blakes Schwester, die das Wohnmobil steuerte, zwinkerte Franzi im Rückspiegel zu. »Ich bin gespannt, ob ihr draufkommt.«

Die drei !!! wechselten einen heimlichen Blick.

Franzi zupfte an einem ihre kurzen roten Zöpfe. »Da muss ich einen Moment überlegen.« Sekunden später sagte sie: »Ich glaube, ich weiß, was passiert ist.«

»Ich auch!«, riefen Kim und Marie wie aus einem Mund.

»Echt jetzt?« Blake knabberte ein weiteres Stück von seinem Apfel ab, kaute und schluckte schnell. »Ihr habt ja noch keine einzige Frage gestellt!«

»Brauchen wir auch nicht«, platzte Kim heraus. »Also: Sissi und Franzl waren die Spitznamen von der österreichischen Kaiserin Elisabeth und ihrem Mann Kaiser Franz Joseph.« Kim machte eine Kunstpause und fuhr dann triumphierend fort: »Doch um die geht es gar nicht. Sissi und Franzl sind in der Geschichte nämlich keine Menschen, sondern Fische!«

»Und zwar tote Goldfische«, ergänzte Marie. »Sie sind auf dem Parkett gelandet und dort erstickt, weil ihr Aquarium von der Kommode heruntergefallen und in tausend Scherben zerbrochen ist.«

»Das Fenster war vom Sturm aufgestoßen worden und hat das Aquarium umgeschmissen«, fügte Franzi hinzu.

»Wow!«, rief Connie. »Ihr seid unglaublich.«

Blake zog eine Augenbraue hoch. »Alles richtig. Aber auch wenn ihr Meisterdetektivinnen seid – das ging jetzt etwas zu schnell.« Er strubbelte sich durch seine kurzen rotbraunen Haare. »Kim Jülich, Marie Grevenbroich und Franziska Winkler – gesteht es: Ihr kanntet die Geschichte schon!«

Franzi hob die Arme und grinste. »Erwischt. Es stimmt.« Sie zog den Sicherheitsgurt ein Stück zur Seite und kuschelte sich an ihren Freund. »Ich glaube, wir kennen so ziemlich alle *Was ist passiert?*-Storys. Wir haben mit ihnen früher unsere Detektivfähigkeiten trainiert.«

»Na dann.« Blake legte einen Arm um Franzi. »Mit euch hat man es echt nicht leicht.« Er seufzte. »Bestimmt deckt ihr in Wien gleich wieder ein Verbrechen auf.«

»Ja, es wäre mal wieder Zeit«, murmelte Franzi. »Der letzte Fall ist schon über zwei Monate her.« Sie nahm einen Apfel und polierte ihn mit dem Ärmel ihres Pullis. Das Bändchen mit dem halbierten Freundschaftsring an ihrem Handgelenk klirrte leise.

Blake hielt seinen Arm daneben, an dem er ein ähnliches Band trug, in das die andere Ringhälfte geknotet war. »Eure Ermittlungen waren ziemlich gefährlich!«

»Quatsch!«, rief Franzi sofort. »Ich hab bloß einen winzigen Bienenstich abbekommen.« Energisch biss sie in ihren Apfel.

»Wobei dein Finger so angeschwollen ist, dass man deinen Ring aufschneiden musste!«

Franzi winkte ab. »Alles halb so schlimm«, sagte sie, obwohl ihr die Erinnerung an den spannenden Fall mit den verschwundenen Bienenstöcken gerade einen Schauer über den Rücken jagte. Die Ermittlungen in Dettingen hatten den drei !!! alles abverlangt.

»Dein Chairskating ist aber auch nicht ohne«, merkte Kim an. Sie pustete sich eine Strähne ihrer kurzen Haare aus der Stirn. »Mit dem Rollstuhl über Rampen zu brettern und sich zu überschlagen ist ja wohl ziemlich gefährlich.«

Blakes Augen begannen zu leuchten. »Kein Stück – wenn man weiß, was man tut. Außerdem: Nenn es nicht Chairskating! Es heißt WCMX.«
»Alles klar«, sagte Kim und grinste. »Wheelchair Motocross. Das klingt viel rasanter.«
Blake grinste zurück. »Ganz genau.« Er ließ den Apfelstrunk in der Abfalltüte unter dem Sitz verschwinden und zog einen Stoffbeutel hervor. »In Wien haben sie zwei Riesenrampen aufgebaut. Mein Kumpel Simon sagt, dass die optimal sind, um Backflips mit dem Rolli zu trainieren. Er hat schon mehrere Workshops auf ähnlichen Rampen gemacht.« Blake holte einen zerknitterten Flyer aus dem Beutel. »Seht euch das an!«
Franzi legte ihren Apfel zur Seite und beugte sich über das bunt bedruckte Papier. Auf der Vorderseite war unter dem knallroten Schriftzug *Come 'n' Roll* eine Skaterbahn abgebildet. Mädchen und Jungen in Sportklamotten tummelten sich dort auf Rollerskates, Skateboards, Rollstühlen und BMX-Rädern. Im Hintergrund erhoben sich zwei große Rampen, die jeweils mehr als dreißig Meter lang waren und fast im 90-Grad-Winkel zum Boden führten. Obwohl Franzi genauso sportbegeistert war wie ihr Freund, wurde ihr beim Anblick schwindelig.
»Klasse, dass Simon uns eingeladen hat, während des Sportfestivals bei ihm zu wohnen«, sagte Blake, ohne den Blick von dem Bild zu nehmen. »Wir hatten beim letzten Workshop in Hamburg schon jede Menge Spaß. Aber die Woche in Wien wird absolute Extraklasse!«
»Ich finde es super, dass wir auch dabei sein können«, meinte Kim.

»Das ist ja wohl klar!«, rief Blake sofort. »Je mehr Leute bei den Events mitmachen, desto besser. Es ist wirklich für jede Rollsportart was dabei. Und Simon wohnt mit seiner Familie auf einem Kutscherhof an der Donau. Dort gibt es genügend Platz zum Übernachten für uns alle. Echt schade, dass Holger und David schon im Urlaub sind und nicht mitkommen konnten.«
Marie machte ein bedauerndes Gesicht. »Allerdings.« Sie zog ihr Handy aus der Hosentasche. »Ich muss Holger gleich mal schreiben. Bestimmt sitzt er am Strand und lässt sich von seinen kleinen Geschwistern mit Sand bewerfen.«
Kim lächelte verträumt. »David ist mit seinem Papa beim Zelten. Trotzdem hat er mir das neue Kapitel für unseren Fantasykrimi geschickt. Ich bin total gespannt. Heute Abend lese ich es und dann telefonieren wir. Ich freu mich schon!«
Blake hatte in der Zwischenzeit den Flyer durchgeblättert und einen Veranstaltungsplan entdeckt. »Das erste Training an der Riesenrampe findet schon morgen Vormittag statt. Ich kann's kaum erwarten. Bis Kalifornien muss ich unbedingt den Backflip beherrschen, wenn ich ins Team für die Meisterschaften kommen will.«
Franzi biss sich auf die Lippe und versuchte, ruhig weiterzuatmen.
Marie sah verdattert von ihrem Handy auf. »Entschuldigung. Habe ich eben richtig gehört? Kalifornien?«
Blakes Wangen färbten sich rot. »Franzi, sorry. Jetzt hab ich mich verplappert.«
»Macht nichts«, brachte Franzi mühsam hervor. »Nächste Woche hätten wir es Kim und Marie sowieso gesagt.«

Blake nickte. »Ich habe einen Platz an einer Highschool bekommen. Am 15. August geht es los.«
»Das, äh, ist aber ...«, stotterte Marie, »eine Überraschung.« Sie sah Franzi aus großen Augen an.
»Das ist großartig«, sagte Franzi mit fester Stimme. »Es ist eine riesige Chance für Blake. Das Jahr wird hoffentlich schnell vorbeigehen.«
»So lang!« Kim schlug sich die Hand vor den Mund.
»Ja«, stimmte Blake kleinlaut zu. »Das ist eine lange Zeit. Aber Franzi und ich schaffen das.«
Franzi schluckte. Die Gedanken überschlugen sich in ihrem Kopf. Blake hatte ihr vor ein paar Wochen erzählt, dass er sich bei einer Agentur für ein Schuljahr in den USA beworben hatte. Allerdings hatte er nicht damit gerechnet, dass es so schnell klappen würde. Vor vier Tagen war die Zusage einer Highschool in Fontana gekommen. Er war sofort zu Franzi gefahren und hatte ihr davon erzählt. Blake war sich unsicher. Er war sogar drauf und dran gewesen, den USA-Aufenthalt abzusagen, weil er nicht so lange von Franzi getrennt sein wollte. Aber seine Augen hatten so begeistert geleuchtet, als er von dem großen Glücksfall gesprochen hatte, dass eine Schule in Fontana ihn nehmen wollte. Ausgerechnet Fontana, wo jährlich die *WCMX & Adaptive*-Weltmeisterschaften ausgetragen wurden! Die Highschool dort bot fantastische Möglichkeiten für Rolli-Sportler. Franzi war mit einem Schlag klar geworden, dass Blake diese Chance unbedingt annehmen musste. Genau das hatte sie ihm dann gesagt.
Sie tastete nach Blakes Hand, die sofort ihre umschloss. Die Berührung fühlte sich weich, warm und vertraut an.

Kim räusperte sich. »Wir werden immer für dich da sein!«
»Absolut«, sagte Marie mit rauer Stimme. »Du bist nicht allein.«
Franzi nickte mechanisch. »Danke. Können wir jetzt bitte das Thema wechseln? Noch ist Blake nicht weg. Ich will einfach eine schöne Zeit mit ihm und euch in Wien verbringen. Ich will jetzt nicht daran denken, was kommt. Deshalb wollte ich es euch auch erst nächste Woche sagen.«
Marie seufzte. »Verstehe.«
Connie warf Franzi einen besorgten Blick im Rückspiegel zu. Bevor sie etwas sagen konnte, kam Franzi ihr zuvor: »Willst du noch einen Apfel? Ganz frische Früherntе aus dem Garten von Maries Oma in Dettingen!«
»Äh, ja, gerne.«
Marie, die direkt hinter dem Fahrersitz saß, reichte Connie einen Apfel.
»Danke!« Connie biss krachend hinein. »Wirklich lecker!«
»Waren deine Großeltern wieder da, um sich ein Haus anzusehen?«, fragte Kim.
»Ja.« Marie zwirbelte eine Strähne ihrer langen blonden Haare zwischen den Fingern. »Aber es lag direkt an der vierspurigen Umgehungsstraße. Das stand natürlich nicht in der Anzeige. Ich hoffe, die beiden finden bald etwas Geeignetes und können endlich von Dettingen zu uns in die Stadt umziehen.«
»Das klappt schon«, sagte Kim. »Ich finde es toll, dass deine Oma und dein Opa in eurer Nähe wohnen wollen, damit sie sich um Finn kümmern können.«
Marie ließ die Haarsträhne los. Sie löste sich in eine fließende

Welle auf, die sich perfekt an ihre linke Wange schmiegte. »Es wird auch höchste Zeit. Langsam wird mir das mit dem Babysitting zu viel.«
»Kann ich verstehen.« Franzi lächelte. Sie wusste, dass Marie ihren kleinen dreijährigen Bruder über alles liebte und gerne auf ihn aufpasste, wenn ihre Eltern beruflich unterwegs waren. Aber sie hatte zunehmend Schwierigkeiten, alles unter einen Hut zu bringen: Schule, Detektivclub, Ballett, Gesangs- und Schauspielunterricht, und dann natürlich die Treffen mit ihrem Freund Holger – das alles kostete viel Zeit. Marie war durch die zusätzlichen Stunden, die sie für ihren Bruder aufbrachte, oft ziemlich unter Stress geraten.
Ein Ruck ging durch das Wohnmobil und riss Franzi aus den Gedanken.
Connie hatte den Camper leicht abgebremst. Sie setzte den Blinker und rief: »In einer guten Viertelstunde müssten wir da sein.« Schwungvoll nahm sie die Ausfahrt.
Franzi blickte neugierig aus dem Fenster. In der Ferne erhob sich das berühmte Riesenrad des Praters. Unweit davon waren die großen Rampen für das Rollerevent zu sehen.
Blake packte den Flyer zurück in den Stoffbeutel und setzte sich kerzengerade auf. »Wien, wir rollen an!«, rief er und drückte Franzis Hand ganz fest.

Zwanzig Minuten später verkündete das Navi: »Sie haben Ihr Ziel erreicht. Es liegt auf der linken Seite.« Connie steuerte den Camper durch einen efeuumrankten Torbogen in einer roten Backsteinmauer.
»Wir sollen uns nach der Einfahrt rechts halten und zwischen

Stall und Wohnhaus parken«, sagte Blake. »Dort gibt es einen überdachten Stellplatz.«
»Alles klar«, murmelte Connie und reckte den Hals. »Ich glaube, da vorne ist es.«
Sie rollten im Schritttempo an einem kleinen Fachwerkhaus mit blauen Fensterläden und bunt bepflanzten Blumenkästen vorbei. In dem Moment trat eine blonde, ungefähr vierzigjährige Frau in Jeans, Hemdbluse und Sneakern vor die Tür. Sie winkte ihnen lächelnd zu.
Connie hielt den Camper an und ließ das Fenster herunter. »Hallo!«
»Grüß euch!«, rief die Frau zurück. »Herzlich willkommen auf unserem Hof! Ich bin Erika Thaler, die Mama vom Simon. Er richtet gerade das Picknick, ich sag ihm Bescheid. Am besten, ihr stellt den Camper hier an der Hausseite ab. Ich muss kurz ins Büro, bin aber gleich wieder da!«
»Super. Vielen Dank!«, rief Connie zurück und ließ den Motor wieder an. Während Frau Thaler ins Büro ging, parkte Blakes Schwester das Wohnmobil geschickt unter dem überdachten Carport.
Franzi löste ihren Sicherheitsgurt und sprang auf.
Blake rutschte an ihr vorbei und hangelte sich an den von der Decke hängenden Handschlaufen bis zu seinem Rollstuhl, der vor der kleinen Küchenzeile geparkt war. Schwungvoll warf er sich in das Sportmodell mit den knallroten Rädern und betätigte einen Knopf neben der Tür. Sie glitt auf, wobei gleichzeitig eine schmale Ladebühne nach außen gefahren wurde. Noch bevor die Rampe den Boden berührt hatte, schoss Blake nach draußen. Am Ende der Rampe wurden Rollstuhl und Junge

ein Stück in die Höhe katapultiert, verharrten einen Sekundenbruchteil in der Luft und setzten schließlich mit lautem Knirschen auf dem Boden auf. Wenige Zentimeter vor einem Blumenkübel bremste Blake sein Gefährt ab. Er wedelte den aufsteigenden Staub mit beiden Händen von sich weg.

Kim, Franzi und Marie stiegen kopfschüttelnd aus.

»Du kriegst ihn noch kaputt, bevor ihr hier eine einzige Skaterbahn gesehen habt«, bemerkte Connie. Sie schlug die Fahrertür zu.

»Niemals«, sagte Blake. »Ich hab den Rahmen verstärken lassen.«

Im selben Augenblick ertönte ein lautes Johlen. »Oida! Endlich!« Ein ungefähr fünfzehnjähriger Junge kam in einem Sportrolli mit türkisfarbenen Reifen angebrettert. Seine dunkelblonden Haare und das weite Karohemd flatterten im Fahrtwind.

»Hey, Simon!«, rief Blake. Die Jungs begrüßten sich mit Handschlag. Anschließend stellte Blake Kim, Franzi, Marie und seine Schwester vor.

»Freut mich!«, sagte Simon. Seine grünen Augen strahlten unternehmungslustig. »Super, dass ihr mitgekommen seid.«

»Klar doch«, meinte Franzi. »Und danke, dass wir bei euch wohnen können.«

»Wollt ihr eure Sachen in die Ferienwohnung bringen oder erst etwas essen und trinken?«, fragte Simon. »Es gibt ein Picknick neben der Pferdekoppel. Unser Nachbar Gregor hat schon alles gebracht und den Grill vorbereitet. Er führt die beste Würstelbude in ganz Wien.«

Kim war begeistert. »Das klingt fantastisch!«

»Dann kommt.« Simon rollte los.
Im nächsten Moment nahm Franzi eine Bewegung schräg hinter sich wahr. Sie wirbelte herum und sah ein ungefähr zehnjähriges Mädchen mit langen rotblonden Haaren, das völlig aufgelöst im Eingang des Häuschens stand. »Simon«, rief es mit erstickter Stimme. »Hilfe!«
Simon bremste abrupt ab und drehte sich besorgt um. »Was ist los?«

Wo ist Greta?

»Gretl ist weg!« Das Mädchen wischte sich mit dem Handrücken Tränen aus den Augen. »Ich hab überall nach ihr gesucht. Aber sie ist einfach verschwunden!«

Simon steuerte seinen Rollstuhl zurück. »Ihr wart doch gerade noch in der Küche.«

»Da ist sie nicht mehr.« Das Mädchen fing an zu schluchzen. »Ich bin kurz zum Klo, und als ich zurückkam, war Gretl weg. Sie ist bestimmt entführt worden!«

»Das kann nicht sein«, beruhigte sie Simon. »Sie muss hier …«

»Wer ist Gretl?«, fragte Franzi dazwischen. »Deine Freundin?«

»Ja«, presste das Mädchen hervor.

Die drei !!! sahen sich alarmiert an.

»Greta ist der Hund meiner Schwester«, beeilte sich Simon zu sagen. »Ein Labrador-Welpe. Vanessa hat Gretl letzte Woche zum Geburtstag geschenkt bekommen.«

»Ein Hund«, wiederholte Franzi leise. Ihr Herzschlag beruhigte sich ein wenig. Dennoch begann ihr Gehirn sofort auf Hochtouren zu arbeiten. »Ich bin Franzi«, stellte sie sich Vanessa vor. »Und das sind Kim und Marie. Wir helfen dir, Greta zu finden!«

Blake rollte ein Stück näher. »Falls ihr noch ein viertes und fünftes Rad am Wagen brauchen könnt – ich wäre dabei!«

»Ich auch«, sagte Connie.

Simon nickte. »Ich natürlich auch!«

»Super. Am besten, wir teilen uns auf«, schlug Marie vor. »Blake, Connie und Simon suchen hier draußen. Wir im Haus.«
»Alles klar!«, sagte Blake.
Er und Simon rollten, gefolgt von Connie, los.
»Ich gebe Mama und Alex Bescheid«, rief Simon über die Schulter. »Vanessa, wir finden Gretl!«
Das Mädchen nickte schwach.
»Kommt«, sagte Kim und lief zum Hauseingang.
Die hellen Bodendielen knarrten leise, als sie den Flur betraten.
Rechts war eine geschlossene Tür zu sehen, links gab es zwei Türen. Die erste stand offen. Am Ende des Flurs führte eine steile Holztreppe ins obere Stockwerk.
»Kann Greta schon Treppen steigen?«, fragte Franzi.
Vanessa schüttelte den Kopf. »Nein, das schafft sie nicht.«
Franzi öffnete die Tür zur Rechten und drückte den Lichtschalter. Eine helle Neonröhre beleuchtete die Regale einer kleinen Vorratskammer.
»Türen kann sie bestimmt auch nicht aufmachen«, murmelte Kim und lief weiter. »Lasst uns zuerst in der Küche nachsehen.«
»Nur zur Sicherheit«, meinte Franzi. »Vielleicht wurde sie versehentlich eingeschlossen.« Ein Blick in die Kammer genügte ihr jedoch, um zu sehen, dass der Hund nicht dort war.
»Das ist interessant!«, rief Marie.
Franzi lief zur ersten offen stehenden Tür und gelangte in eine gemütliche Wohnküche mit einer Sitzecke und einem großen Esstisch. Kim und Vanessa standen an der Wand bei einem

Kachelofen und starrten auf den Boden. Marie kniete neben zwei Futternäpfen. Einer war mit Trockenfutter gefüllt, in dem anderen befanden sich einige Tropfen Wasser.

Marie deutete auf eine große Wasserpfütze vor dem leeren Napf. »Was ist da passiert?«

Vanessa strich sich hektisch ein paar rotblonde Haarsträhnen hinter das Ohr. »Keine Ahnung! Er war vorhin noch ganz voll.«

Kim ging in die Knie und besah die weißen Keramikfliesen auf dem Boden. »Hier sind Spuren.« Auf allen vieren kroch sie ein Stück weiter. »Man muss genau hinsehen.« Vorsichtig tippte Kim auf die Fliesen. »Eindeutig Wasser. Als unser Hund Pablo noch klein war, ist er mal in seinen Wassernapf gefallen und hat sich furchtbar erschreckt. Vielleicht ist Gretl etwas Ähnliches passiert. Sie muss in Panik irgendwo hingelaufen sein.«

Kim kroch weiter. Franzi, Marie und Vanessa folgten ihr. Unter dem großen Esstisch am Fenster hielt Kim inne. »Hier endet die Spur.«

Franzi sah unter den Tisch. Im selben Moment zuckte Kim zusammen. Sie starrte mit weit aufgerissenen Augen zur Sitzbank. Dann begann sie leise zu lachen.

»Was ist?«, fragte Vanessa verwirrt.

»Ich glaube, da ist sie«, sagte Kim leise.

Franzi blickte in die Richtung, in die Kim immer noch starrte. Neben der Sitzbank stand ein Korb auf dem Boden. Im Halbschatten leuchtete Franzi daraus ein Augenpaar entgegen. Sie schluckte. »Kim, das da drin ist …«

»Eine Katze«, vervollständigte Marie Franzis Satz.

»Das ist Minou, Mamas Katze«, erklärte Vanessa.
Das große Tier mit dem dichten silbergrauen Pelz streckte sich und stieß ein Maunzen aus.
Kim verdrehte die Augen. »Leute. Ihr müsst genau hinsehen.«
Vanessa lief zum Katzenkorb und stieß sofort einen spitzen Schrei aus. »Du hast recht!«
Jetzt entdeckte auch Franzi den kleinen beigefarbenen Welpenkopf zwischen den Katzenpfoten. Die winzigen Schlappohren zuckten, während Minou vorsichtig über das Fell des Hundebabys schleckte. Sein restlicher Körper war unsichtbar unter dem langen Deckhaar der Katze verborgen.
Vanessa beugte sich zum Korb. »Gretl, was machst du für Sachen?«, flüsterte sie. »Ich hab mir solche Sorgen gemacht.«
Der Hund schlug die Augen auf und blinzelte. Als er Vanessa erkannte, gab er ein helles Fiepen von sich und fing an, sich aus dem Katzenfell hervorzuarbeiten. Vanessa nahm den Welpen vorsichtig auf den Arm. Zärtlich drückte sie ihr Gesicht in sein Fell.
Die drei !!! grinsten zufrieden.
Franzi beugte sich zu der Katze und strich ihr über den Kopf. »Du hast dich toll um Greta gekümmert, gut gemacht!«
Die Katze schmiegte sich an Franzis Hand und schnurrte leise.
»Das war der am schnellsten gelöste Fall in der Geschichte unseres Detektivclubs«, stellte Marie fest und lächelte.
Vanessa sah sie überrascht an. »Ihr habt einen Detektivclub? Mit Visitenkarte und Fingerabdruck-Set und Abhörgeräten und so?«
Marie nickte. »Richtig.«

»Wow! Wie viele Verbrecher habt ihr denn schon gefangen?«
Marie wollte gerade antworten, doch Kim kam ihr zuvor: »Wir haben schon weit über siebzig Fälle gelöst. Aber wir können leider keine Details erzählen. Das fällt unter das Betriebsgeheimnis.«
Vanessa war beeindruckt. »Ja, klar!« Sie sah aus dem Fenster. »Die anderen sind noch im Garten. Die werden Augen machen, wenn wir ihnen erzählen, dass ihr Gretl so schnell gefunden habt. Kommt!« Sie flitzte mit dem Welpen im Arm zur Küchentür.
Die drei !!! folgten ihr.
Kurz nachdem sie im Garten angekommen waren, stießen Erika Thaler und ein hochgewachsener, ungefähr achtzehnjähriger Junge mit dunkelblondem, halblangem Haar dazu. Simon stellte ihn als seinen älteren Bruder Alex vor. Vanessa berichtete aufgeregt davon, wie Kim, Franzi und Marie Gretl gefunden hatten. Alle waren erleichtert darüber, dass der kleine Hund wieder da war.
Frau Thaler strich dem Welpen über den Kopf. »Was für eine Aufregung. Alex und ich haben dich sogar im Pferdestall gesucht.« Sie sah die drei !!! an. »Aber dank euch ist jetzt alles wieder in Ordnung!«
»Dann können wir ja endlich was essen!«, rief Simon. »Gregor wartet.«

Zehn Minuten später saßen alle an einem langen Holztisch auf einer grünen Wiese. Die Sonne stand tief am Horizont und eine sanfte Brise kühlte langsam die vom Sommertag aufgeheizte Luft ab.

Franzi sah zu den vier Pferden hinüber, die auf der nahe gelegenen Koppel standen. Eines davon, eine hübsche Rappstute mit einem hellen, herzförmigen Fleck auf den Nüstern, erinnerte sie an ihr Pony zu Hause. Ihre süße Tinka graste jetzt, zusammen mit Huhn Polly, bestimmt genauso gemütlich auf der Koppel hinter dem Bauernhäuschen.
Kim stieß Franzi leicht in die Seite. »*Hier* musst du hingucken!«
Franzi riss ihren Blick von den Pferden los und richtete ihn auf den Tisch. Große Schüsseln mit bunten Salaten und gebratenen Gemüsestücken, ein Korb voller knuspriger Brötchen und mehrere Gläser mit Soßen waren mittlerweile dort verteilt worden.
Franzi bekam augenblicklich großen Appetit.
Gregor stellte eine ausladende Platte mit köstlich duftenden gebratenen Würstchen und Maiskolben in die Mitte der Tafel. Er wischte sich die Hände an seiner Schürze ab, unter der sich ein gemütlicher Bauch wölbte, und rief: »Greifts ordentlich zu! Aber Vorsicht bei der roten Soße, die ist scharf.«
»Danke dir«, sagte Erika Thaler. »Du bist die Rettung!«
»Nachbarschaftshilfe ist doch selbstverständlich«, antwortete Gregor. Er zog die Schürze über den Kopf und knüllte sie in der Hand zusammen. »Ich muss weg zu meinem Stand. Alex, hilfst du mir, die Transportkisten zum Auto zu bringen? Dann kannst du auch gleich die neue Lackierung bewundern.«
Alex sprang auf. »Äh, klar.«
Erika Thaler sah den beiden hinterher und seufzte. »Es ist gut, Hilfe zu haben. Das Fiakerunternehmen kostet viel Zeit. Ich führe es seit dem Tod meines Mannes alleine. Wenn die

Kinder nicht so toll im Haushalt mithelfen würden, würde ich das alles gar nicht schaffen.«
Simon legte seinen angebissenen Maiskolben zurück auf den Teller und wischte sich die Hände an einer Serviette ab. Er klopfte seiner Mutter auf die Schulter. »Wir sind doch ein Team!«, nuschelte er.
Vanessa rückte näher an ihre Mutter und nickte. »Genau.«
Greta, die auf ihrem Schoß saß, bellte leise.
Frau Thaler lächelte. »Du gehörst natürlich auch dazu.«
»Ich bin so froh, dass sie wieder da ist«, sagte Vanessa leise. Sie wiegte den Welpen sanft hin und her. »Ich hätte sie nicht alleine lassen dürfen. Sie ist ja noch so klein.«
»Wie alt ist sie denn?«, wollte Franzi wissen.
»Dreizehn Wochen«, antwortete Vanessa. »Alex hat sie letzte Woche von einer Tierschutzorganisation geholt.«
»Wie schön!« Franzi hielt Greta ihren Handrücken hin. Der kleine Hund schnüffelte aufgeregt daran, legte den Kopf schief und fing an, eifrig mit seiner winzigen rosa Zunge zu schlecken. »He, das kitzelt«, flüsterte Franzi. Sie sah den Welpen verliebt an.
»Wollt ihr nichts essen?«, fragte Simon mit vollen Backen. Er schob die Würstchenplatte näher zu Franzi und Vanessa. »Hier!«
Blake stellte das Schüsselchen mit der roten Soße dazu. »Die musst du probieren! Schön scharf, sehr lecker.«
Ihre Hände berührten sich, als Franzi zum Soßenlöffel griff. Blake lächelte sie an und Franzi spürte ein warmes Prickeln in sich aufsteigen. Blakes Nähe tat einfach so gut. Es war unvorstellbar, dass sie bald ohne ihn sein würde. Schlagartig bildete

sich ein dicker Kloß in Franzis Hals. Sie gab Soße auf ihren Teller, tunkte ihr Würstchen hinein und biss ein großes Stück ab. Intensive Schärfe breitete sich auf ihrer Zunge und am Gaumen aus. Franzi spürte, wie sich die Tränen in ihren Augen sammelten. Der Kloß im Hals wurde immer größer.

Blake sah sie besorgt an. »Alles klar?«

»Ja«, log Franzi und tastete nach der Serviette. Während sie sich die Augen abtupfte, bemühte sie sich, tief und regelmäßig zu atmen. Die Erkenntnis traf sie mit voller Wucht: Ihre Tränen flossen nicht, weil die Kehle brannte, sondern das Herz blutete! Franzi ballte die Fäuste. Sie musste sich jetzt zusammenreißen. Sie konnte doch nicht vor versammelter Mannschaft losheulen.

Blake reichte ihr ein Glas Wasser.

»Danke.« Franzi ignorierte die fragenden Blicke von Kim und Marie und trank in großen Schlucken.

Als sie das Glas wieder abgestellt hatte, nahm sie erleichtert wahr, dass die Aufmerksamkeit der anderen von ihr abgelenkt war: Alex war wieder zu ihnen gestoßen. Bei ihm war ein junger Mann, der einen Korb mit einer Champagnerflasche in der Hand hielt. Die Flasche war mit Bändern und bunten Rosenblüten geschmückt.

»Entschuldigen Sie bitte die Störung«, sagte der junge Mann zu Erika Thaler. »Ihr Sohn war so nett, mich hierher zu begleiten. Ich würde gerne kurz über die gebuchte Fiakerfahrt morgen sprechen.«

Frau Thaler sah den Mann überrascht an. »Herr Liesing! Gibt es eine Änderung?«

Während Alex schweigend auf seinen Platz neben Marie

rutschte, stellte Herr Liesing den Korb auf dem Tisch ab. Nervös nestelte er an den Bändern. »Nur eine Kleinigkeit. Ich habe den Lieblings-Champagner meiner Verlobten besorgt. Wenn Sie den bitte zur Jause servieren könnten?«
Frau Thaler nickte. »Natürlich. Das machen wir gerne.«
»Wunderbar!« Herr Liesing fuhr sich mit der Hand durchs schüttere Haar. »So einen Heiratsantrag macht man ja nicht alle Tage. Ich bin sehr aufgeregt.«
Vanessa strahlte den Mann an. »Meine Mama organisiert die besten Kutschenfahrten in ganz Wien. Ihre Freundin sagt ganz bestimmt Ja!«
Greta lugte vorsichtig unter Vanessas Arm hervor.
Der Mann entdeckte den kleinen Welpen und lächelte verzückt. »Was haben wir denn da? So a liabs Wauzerl!«
Nachdem Herr Liesing eine Weile fasziniert auf den kleinen Hund gestarrt hatte, schnippte er mit dem Finger. »Das ist die Idee!«
»Was meinen Sie?«, fragte Vanessa irritiert.
»Es muss voller Gefühle sein. Großer Gefühle«, murmelte der Mann, ohne den Blick von Greta zu nehmen. »Kutschfahrt, Sachertorte in den Praterauen, Rosen, Champagner. Alles perfekt. Aber etwas fehlt.«
Alle sahen den Mann erwartungsvoll an.
»A Wauzerl!«, rief er begeistert. »Meine Verlobte hat sich immer schon ein Malteserhunderl gewünscht. Das bekommt sie morgen!«
Franzi putzte sich energisch die Nase und knüllte die Serviette in ihrer Hand zusammen. »Sie wollen auf die Schnelle einen Welpen kaufen?«

»Genau. Und dann bekommt das Hunderl ein Mascherl und da dran kommt die Karte *Will you marry me?*«. Der Mann nickte zufrieden. »Das ist stark.«
»*Was* wollen Sie mit dem Hund machen?«, rief Franzi. Sie sah Simon entsetzt an. »Was, zum Teufel, ist ein Maschl?«
»Masch*er*l«, korrigierte Simon. »Eine Schleife.«
Franzi stöhnte. »Das macht es nicht besser.« Sie sah den Mann ernst an. »Sie sollten die Anschaffung eines Hundes langsam angehen. Man muss sich bei verschiedenen Züchtern umsehen. Oder in ein Tierheim gehen. Das braucht Zeit!«
Der Mann winkte ab. »Die habe ich nicht. Ich muss das anders hinbekommen.« Er klopfte auf den Tisch. »Vielen Dank noch mal, Frau Thaler. Wir sehen uns morgen. Servus miteinander!« Mit gestrafften Schultern lief der Mann weg.
»Das darf ja wohl nicht wahr sein«, murmelte Franzi.
Kim winkte ab. »Reg dich nicht auf. Er bekommt nie im Leben so schnell einen Welpen.«
»Hoffentlich nicht!«, seufzte Franzi. »Leute gibt es.«
Blake nahm Franzis Hand. »Kim hat recht. Mach dir nicht so viele Gedanken.« Er sah ihr tief in die Augen. »Es ist Sommer, wir haben Ferien und ihr habt sogar schon einen kleinen Fall gelöst. Vor uns liegt eine tolle Woche. Lass uns jede Minute genießen!«
Franzi sah in Blakes Gesicht, das vor Freude strahlte. Ihr Herz begann schneller zu klopfen. Und mit jedem Schlag verstärkte sich plötzlich das Gefühl, dass alles gut war, so wie es war.
Sie kuschelte sich an Blake und flüsterte: »Jede einzelne Minute!«

Ein harter Aufprall

Geheimes Tagebuch von Kim Jülich
Mittwoch, 23:01 Uhr
Dieses Tagebuch gehört Kim Jülich und es ist G E H E I M. Du wirst jede einzelne Minute bereuen, in der du in diesem Buch gelesen hast. Denn meine Rache wird fürchterlich sein. Jede einzelne Minute!!!
Ich habe heute Abend die besten Würstchen und den besten Kartoffelsalat meines Lebens gegessen, ich befinde mich mit meinen besten Freundinnen in einer supersüßen Ferienwohnung in einem supergemütlichen Bett mit superkuschelweicher Bettwäsche – und ich kann nicht schlafen! Daran ist nur DAVID schuld!
Ich bin stinksauer! Mein toller Freund hat mir heute Morgen sein neues Kapitel für unseren Fantasykrimi geschickt. In der alten Fassung hatte er ja meine Lieblingsfigur Junos durch den Stich einer außerirdischen Biene sterben lassen. Schrecklich! Zum Glück konnte ich David davon überzeugen, dass das nicht geht. Er hat daraufhin versprochen, dass Junos ein Gegengift von Laurina bekommt, sodass er überlebt und die beiden das entführte Einhorn retten können. Ich hab mich total auf die neue Version gefreut und hatte auch schon angefangen, einen Entwurf für eine Liebesszene zwischen Junos und Laurina zu schreiben. Aber was hat David gemacht?! Okay, er hat Junos dank eines Zaubertranks am Leben gelassen. ABER: Jetzt leidet Junos plötzlich unter den Nebenwirkungen vom Bienengift. Er hat Sehstörungen und rennt dauernd irgendwo dagegen, weil er alles

wie durch die Facettenaugen eines Insekts wahrnimmt. Obendrein ist er farbenblind. Außerdem legt er ein total nervöses Verhalten an den Tag und muss ständig etwas tun. David erklärt das damit, dass es eine Arbeitsbiene war, die Junos erwischt hat. Ha. Ha.

Dass der farbenblinde Junos Rot und Grün nicht mehr auseinanderhalten kann, ist absolut fatal! Auf dem Planeten, auf dem er und Laurina das gefangene Einhorn suchen müssen, gibt es nämlich zwei Arten von fliegenden Mikrodrachen, die genau gleich aussehen und sich nur in der Farbe unterscheiden. Die grünen sind harmlos und spucken nur ab und zu grünen Schleim. Die ROTEN aber sind fiese Biester, die gewaltige Feuerbälle produzieren können, mit denen sie alles und jeden in Sekunden abfackeln.

Ist ja klar, dass damit die nächste Katastrophe für Junos vorprogrammiert ist! Was denkt sich David eigentlich?!

Na warte, ich lass mir schon was einfallen. Aber heute nicht mehr. Ich brauche Abstand, um klar denken zu können. Am besten, ich vergesse den Fantasykrimi einfach und kümmere mich darum, wenn wir wieder zu Hause sind. Ja, genau, so mache ich es. Ich lasse mir doch nicht die Laune von Davids Spinnereien verderben! Ich bin jetzt mit den anderen in Wien und wir werden eine super Zeit haben. Franzi, Marie und ich habe eine lange To-do-Liste: Riesenradfahren im Prater, Wiener Schnitzel essen, Hofreitschule, Stephansdom, Shoppen auf der Mariahilfer Straße … und das ist erst der Anfang.

Aber morgen gibt es erst mal den Open Roll *auf der Donauinsel. Jeder, der Lust hat, kann an Trainings für ganz verschiedene Rollsportarten teilnehmen. Blake und Simon wollen Stunts auf*

einer Riesenrampe machen, der Bruder von Simon nimmt an Skateboard-Trainings für die nächsten Olympischen Spiele teil, und Franzi und Marie wollen Dauer-Power-Dance *auf Rollerskates ausprobieren.*
Wenn ich ehrlich bin, habe ich keine besonders große Lust dazu. Sport ist einfach nicht so mein Ding. Zum Glück ist mir eine gute Ausrede eingefallen: Ich muss unbedingt eine Reportage schreiben! Deshalb kann ich bei keinem Training mitmachen, sondern muss aufmerksam zusehen und Interviews machen. Ist doch klar. Das müssen Marie und Franzi einfach akzeptieren!

Detektivtagebuch von Kim Jülich
Donnerstag, 00:15 Uhr
Beinahe hätte ich es vergessen: Wir haben heute einen Mini-Fall gelöst – nämlich einen Mini-Hund wiedergefunden!
Jetzt kann der Detektivclub FERIEN machen!!!
Und ich mache ab sofort nur noch eins: schlafen. Sonst wird's morgen schwierig. Es geht schon um 9:00 Uhr los!

Franzi blinzelte in die strahlende Morgensonne, die an einem tiefblauen und wolkenlosen Himmel stand. Der Tag würde hochsommerlich warm werden. Bei diesen Temperaturen war das Gelände um den Skaterplatz auf der Donauinsel einfach ideal. Die vielen hohen, alten Bäume mit ihren mächtigen Kronen spendeten Schatten und das Wasser der vorbeifließenden Donau kühlte die Luft.
Der Rollerskate-Kurs fand erst am frühen Nachmittag statt, aber Kim, Marie und sie waren schon morgens mit den Jungs zusammen aufgebrochen. Sie wollten Blake und Simon bei ih-

ren Stuntübungen und anschließend Alex beim Skate-Contest zusehen.
Die Riesenrampen, die am Rand des Skaterparks standen, waren wirklich eindrucksvoll. Aus der Nähe wirkten sie noch steiler und gefährlicher als auf der Abbildung im Flyer. Am Ende der einen Rampe befand sich eine ausladende Grube, die bis zum Rand mit Schaumgummi-Würfeln ausgelegt war und eine weiche Landung der Sportler garantierte. Die andere Rampe hatte diese Sicherheitsvorkehrung nicht. Hier durften nur ausgewiesene Profis abfahren, die nach ihrem Stunt sicher auf der Piste landen konnten. Simon hatte Franzi erklärt, dass die Veranstalter genau prüften, wer auf die Profi-Rampe durfte und wer nicht. Jeder Sportler, den sie noch nicht kannten, musste erst mehrere Durchgänge an der sicheren Rampe fahren. Vielleicht zwanzig Jungen und drei Mädchen mit BMX-Rädern, Skateboards und Sportrollis hatten sich dort versammelt und wurden von einem Trainer eingewiesen.
Blake und Simon winkten Franzi zu und schwenkten ihre Helme. Franzi winkte zurück.
»Wann fangen sie denn endlich an?«, fragte Marie.
Franzi zuckte mit den Schultern. »Keine Ahnung. Simon bespricht wohl noch etwas mit dem Trainer.«
Kim klappte ihren Taschenspiegel zu, in dem sie missmutig ihr Gesicht betrachtet hatte. Sie drehte sich zu Marie. »Das war eindeutig zu wenig Schlaf. Hab ich starke Augenringe?«
»Hoppla!«, rief Marie in gespieltem Erstaunen. »Ein Waschbär! Und er kann sprechen!«
Kim boxte Marie gegen die Schulter. »So genau wollte ich es nicht wissen.«

»Es ist nicht schlimm«, beruhigte Marie Kim. Sie schob sich die Sonnenbrille ins Haar und fing an, in ihrem Matchbeutel zu kramen. »Aber ich habe einen super Abdeckstift. Wenn du den benutzt, siehst du aus wie nach drei Tagen Beautyfarm.« Marie förderte ein Paar Rollerskates zutage, außerdem Sportsocken, ein Basecap, Sonnencreme, das Mäppchen mit der Dietrichsammlung, eine Modezeitschrift, ein indisches Tuch und eine Trinkflasche. »Mist!«, fluchte sie. »Ich hab mein Schminktäschchen vergessen!«
Kim zuckte mit den Schultern. »Ich kann sowieso nicht mit Make-up umgehen.«
»Ja, du vielleicht nicht ...«
»Seid doch mal ruhig«, unterbrach Franzi die Kabbelei ihrer Freundinnen. »Ich glaube, Simon darf ohne Vorlauf auf die Profi-Rampe. Sie haben ihn gerade mit dem Aufzug hochgezogen.« Gebannt starrte sie nach oben.
Unbeeindruckt vom Wind, der an seiner Trainingsjacke zerrte, prüfte Simon den Sitz von Helm und Beinschützern und hob den Daumen. Dann stieß er mit einer kraftvollen Bewegung der Arme die Räder rechts und links von sich an. Der Rollstuhl kippte nach vorn und raste pfeilschnell die Bahn hinab. Innerhalb weniger Sekunden hatte er zehn, fünfzehn Meter hinter sich gelassen. Kurz vor dem Ende der Bahn wurde der Rollstuhl in die Höhe katapultiert. Simon zog den Kopf ein und verlagerte das Gewicht. Der Rollstuhl kippte leicht nach hinten. Franzi hielt den Atem an. Sie spürte, wie sich Maries Fingernägel in ihren Arm gruben. »Autsch!«
»Sorry«, murmelte ihre Freundin und starrte mit offenem Mund nach oben.

Rollstuhl und Junge schienen eins zu sein. Sie vollführten während des Hinabstürzens einen und dann noch einen perfekten Rückwärtssalto.

»Ich kann da nicht hinsehen«, murmelte Kim und wandte sich ab.

»Bäm!«, rief Marie. »Harte, aber sichere Landung!«

Applaus brandete auf. Der Trainer und ein weiterer Mann rannten zu Simon, klatschten ihn ab und redeten aufgeregt auf ihn ein.

Franzi nickte anerkennend. »Der Typ ist der Teufel!«

»Da steht schon der nächste Teufel am Start«, sagte Marie.

Tatsächlich war Blake auf der anderen Rampe in Position gegangen. Er zögerte ein paar Sekunden, schließlich aber stürzte er sich wagemutig mit seinem Rolli hinab.

Wie Simon wurde Blake am Ende der Bahn in die Höhe katapultiert, verlagerte das Gewicht nach hinten und leitete die Drehung ein. Er vollführte einen perfekten Rückwärtssalto, drehte noch weiter, verlor dann aber rasend schnell an Höhe. Den zweiten Backflip konnte Blake nicht mehr vollenden, er stürzte in Rückenlage senkrecht in die Tiefe. Schaumstoff-Würfel spritzten über den Grubenrand und kugelten in alle Richtungen davon.

Franzi sprang auf. »Mist!« Sie lief zur Grube.

Blake wurde gerade vom Trainer und einem Helfer aus dem Gummiwürfel-Meer geborgen. Zum Glück schien er sich nicht verletzt zu haben. Als er wieder sicheren Boden unter seinem Rolli hatte, riss er sich den Helm vom Kopf, strahlte und rief: »Das ist der Hammer!«

Franzi klatschte sich mit Blake ab. »Alles klar bei dir?«

»Und wie!«

Der Trainer lachte. »Ich glaube, wir haben hier ein neues Talent. Das erste Mal an der Rampe und fast einen Doppel-Backflip ausführen. Herrlich.«

Simon kam angerollt und beglückwünschte Blake ebenfalls. Er grinste über beide Ohren. »Mich hat eben der Vorstand von einem Verein angesprochen. Sie wollen eine Image-Kampagne für WCMX starten, um die Sportart in Europa noch bekannter zu machen. Dafür suchen sie aktive Wheeler als Protagonisten. Wir haben nachher einen Termin, um alles Weitere zu besprechen.«

»Super!« Blake ließ seinen Rollstuhl einmal um die Achse kreiseln und stieß ein Indianergeheul aus.

Simon lachte. »Dann lass uns mal weiter trainieren!« Plötzlich reckte er den Hals und blinzelte. »Dahinten ist Alex.« Er winkte wild und rollte los. »Bin gleich wieder da. Ich muss ihm schnell von der Kampagne erzählen!«, rief er über die Schulter zurück.

Alex stand in fünfzig Metern Entfernung bei einem schwarzhaarigen Jungen auf Höhe der Halfpipe an der Skaterbahn. Franzi hatte ihn in den weiten Skaterklamotten und der tief in die Stirn gezogenen Mütze beinahe nicht wiedererkannt.

Simon hatte seinen Bruder fast erreicht. Der jedoch bemerkte ihn nicht. Alex redete und gestikulierte heftig. Der andere Junge schrie ihm etwas entgegen. Die beiden hatten offensichtlich einen handfesten Streit. Erst, als Simon mit seinem Rolli direkt neben den beiden stehen geblieben war, reagierten die Jungen. Sie nickten Simon knapp zu, wechselten anschließend einen wütenden Blick und traten auseinander. Der schwarzhaarige Junge schnappte sich kopfschüttelnd sein Board, das er an eine Bank gelehnt hatte, und schwang sich damit auf die Bahn. Geschickt lenkte er zwischen den anderen Skatern durch und verschwand hinter der bunt gesprayten Betonrückseite der Halfpipe. Alex lief zur Bank und sah sich plötzlich hektisch um. Er sagte etwas zu Simon, der daraufhin ebenfalls etwas zu suchen schien. Franzi runzelte die Stirn.

»Was machen die da so lange?«, rief Blake ungeduldig.

»Ich glaube, Alex sucht sein Board«, murmelte Franzi. Im selben Moment sah sie, wie der Junge etwas aus dem Gebüsch hinter der Bank hervorzog. Es war ein Skateboard. Alex schüttelte den Kopf, klopfte Simon auf die Schulter und lief, das Board unter den Arm geklemmt, weg.

Simon wendete seinen Rolli und kam mit nachdenklichem Gesicht zurückgefahren.

»Was war denn los?«, fragte Franzi.

Simon verzog den Mund. »Ich weiß auch nicht so genau. Alex hat Streit mit seinem besten Kumpel Lars.« Er zuckte ratlos mit den Schultern. »Ich hab nicht verstanden, um was es ging. Aber Alex war ganz schön durch den Wind. Ich verstehe es echt nicht. Sie haben sich noch nie gezofft! Die sind wie Pech und Schwefel und trainieren seit Monaten täglich gemeinsam für Olympia.«

»Vielleicht gehen ihnen die Nerven durch, weil nachher der Auswahlcontest stattfindet?«, gab Blake zu bedenken. »Die Teilnahme an den ersten Skateboardwettkämpfen in der Geschichte der Olympischen Spiele ist ja ein großes Ding.«

Simon runzelte die Stirn. »Das heute ist nur eine Veranstaltung von vielen. Das Auswahlverfahren läuft schon länger, und die beiden haben bereits so viele Punkte zusammen, dass sie auf jeden Fall im Team sind. Für sie ist das heute nur eine Art Schaulaufen.«

Blake zupfte am Gurt seines Helms. »Dann weiß ich auch nicht weiter.«

»Geht mich ja eigentlich auch nichts an«, sagte Simon leise. Er straffte die Schultern. »Wollen wir mal wieder?«

Blake war sofort Feuer und Flamme. »Klar!«

Franzi gab ihrem Freund einen Kuss. »Viel Erfolg! Du schaffst das! Marie und ich drehen in der Zwischenzeit ein paar Runden auf der Skaterbahn und Kim sammelt Eindrücke für ihre Reportage.«

»Alles klar.« Blake sah auf seine Armbanduhr. »Treffen wir uns in einer Stunde wieder hier?«

»Perfekt!« Franzi warf Blake eine Kusshand zu und schulterte ihren Rucksack. »Dann mal los, Mädels!«

»Lass uns weiter nach hinten gehen«, schlug Marie vor. »Hier ist so viel los und es gibt zu viele Rampen und Bodenwellen.«

Franzi grinste. »Na gut. Lassen wir es langsam angehen. Vielleicht finden wir auch eine Bank im Schatten für unsere Sportverweigerin, äh, ich meine, rasende Reporterin Kim.« Kichernd wich Franzi Kims Kitzelattacke aus und wollte losrennen.

»Warte!«, rief Marie.

Franzi drehte sich überrascht um. »Was ist?«

Marie hatte sich auf die Zehenspitzen gestellt starrte auf die gegenüberliegende Seite der Skaterbahn. »Da drüben ist Alex. Und ich glaube, er hat schon wieder Ärger!«

Tatsächlich stand Simons großer Bruder mit zwei Männern in

der Nähe eines kleinen Kiosks. Er hatte eine Limonadenflasche in der Hand und einen hässlichen roten Fleck in Brusthöhe auf seinem weißen T-Shirt.
»Er blutet!«, rief Kim entsetzt.
»Nein. Der Mann rechts hat Alex gerade geschubst und dabei ist ihm die Limo übers Shirt geschwappt.«
Franzi schirmte ihre Augen gegen die Sonne ab und sah genauer hin. Einer der Männer legte Alex den Arm um die Schultern. Es sah jedoch nicht sehr freundschaftlich aus, sein Gesicht war vor Wut verzerrt, während er auf Alex einredete. Schließlich ließ er den Jungen los, griff in seine Hosentasche und zog ein Papier hervor. Er drückte es Alex gegen die Brust. Der Junge senkte den Kopf, ergriff das Papier und steckte es mit einer fahrigen Bewegung in seine Hosentasche. Die Männer schlugen ihm so heftig auf die Schulter, dass er ein Stück nach vorne stolperte und die Flasche fallen ließ. Lachend entfernten sich die Typen.
Alex ballte die Fäuste, bückte sich und hob die Flasche auf. Er packte sein Skateboard, lief zum Kiosk und stellte die Flasche am Tresen ab. Dann rannte er zur Skaterbahn, sprang aufs Board und raste in Richtung der Halfpipe.
»Heftig«, murmelte Marie. »Kommt, wir fragen ihn, was los war!«
»Da müssen wir wohl abwarten, bis er wieder von der Bahn runterkommt«, sagte Kim. »Ich glaube, er muss sich jetzt erst mal ordentlich abreagieren.«
Franzi nickte stumm. Sie beobachtete, wie Alex mit hochroten Wangen in hohem Tempo eine Bodenwelle nahm. Sie katapultierte ihn einen halben Meter in die Höhe, wobei er guten

Kontakt zum Board behielt und kurz darauf sauber landete und ausrollte. Franzi nickte anerkennend.

Im nächsten Moment wurde Alex aus heiterem Himmel ausgebremst. Sein Oberkörper knickte ein, er ruderte mit den Armen, hatte aber keine Chance. Hart prallte er auf dem Boden auf und rutschte einige Meter auf dem Rücken weiter. Das Board überschlug sich mehrmals, knallte gegen die Bande, wurde zurückgeschleudert und landete knapp neben Alex' Beinen. Ein einzelnes Paar Rollen rutschte meterweit über den Beton. Unweit von der Bande blieb es liegen.

Die drei !!! rannten zu Alex.

Der Junge hatte sich bereits halb aufgerappelt und hielt sich den Ellbogen. Zwei Skater, die in unmittelbarer Nähe gefahren waren, erkundigten sich nach seinem Befinden.

Alex winkte ab. »Alles okay«, sagte er mit heiserer Stimme und richtete sich weiter auf.

»Bist du sicher?«, fragte Franzi. Sie deutete auf seinen linken Arm. Der Schützer war verrutscht und eine Schürfwunde zog sich vom Ellbogen bis zum Handgelenk.

Der Junge sah sie wütend an. »Klar. Ich bin doch kein Weichei!« Er griff nach seinem kaputten Board.

Die Skater zogen sich zurück.

Kim lief zur Bande und sammelte die Rollen ein.

Franzi schluckte. »Der Sturz sah heftig aus.«

»Was wollten diese beiden Männer von dir?«, fragte Marie.

Alex riss die Augen auf und schüttelte den Kopf. »Was wollt *ihr* eigentlich von mir?« Er nahm Kim die Rollen mit einer fahrigen Bewegung aus der Hand. »Lasst mich in Ruhe. Es ist alles in Ordnung.«

Franzi blieb der Mund offen stehen. Sie hatte Alex gestern Abend schweigsam und zurückhaltend, aber freundlich erlebt. Dass er so ungehalten reagieren konnte, überraschte sie.
Kim und Marie schien es ebenso zu gehen. Sie sahen Alex verunsichert an.
Marie lief einige Schritte zurück und hob etwas vom Boden auf. Es war ein leicht zerknülltes Papier. »Ich glaube, du hast etwas verloren«, sagte sie, während sie den Zettel glatt strich und einen unauffälligen Blick darauf warf.
Der Junge sprang auf. Mit zwei Schritten war er bei Marie. »Gib das her!«
Marie zuckte zusammen und hielt Alex den Zettel hin.
Der Junge schnappte ihn sich. »Spioniert ihr mir hinterher, oder was? Habt ihr kein eigenes Leben?« Er schob Kim und Franzi zur Seite. »Mir reicht's! Ich muss nach Hause, mein Brett reparieren.« Er schüttelte den Kopf und lief weg.
»Warte!«, rief Franzi und wollte Alex hinterherlaufen.
Kim hielt sie am Ärmel fest. »So, wie er gerade drauf ist, kann man kein vernünftiges Wort mit ihm reden.«
Franzi nickte. »Wahrscheinlich hast du recht.«
Die drei !!! tauschten einen ratlosen Blick.
»Ich glaub, ich brauche jetzt erst mal was zu essen«, murmelte Kim.
Marie steckte schnell einen Stift, mit dem sie etwas auf ihre Hand geschrieben hatte, in ihre Tasche. »Lasst uns zum Kiosk gehen«, sagte sie. »Vielleicht erfahren wir dort etwas über diese Männer.«

Böser Verdacht

»So gut!« Kim steckte sich das letzte Stück der roten Wurst mit Käsewürfelchen darin in den Mund.
»Aber der Name!« Marie schüttelte sich, während Kim genüsslich kaute. »Ich könnte das nicht essen.«
»Was ist an *Käsekrainer* so schlimm?«
»Die Kiosk-Frau hat *ein Mal a Eitrige* gesagt!« Marie fasste sich an die Kehle und nahm einen großen Schluck von ihrer Cola.
»Die spinnen, die Wiener«, flüsterte Franzi.
Kim zuckte mit den Schultern. »Aber sie machen die weltbesten Würstchen.«
»Okay, lassen wir das.« Marie zog sich ein Stück weiter in den Schatten der bunt gestreiften Markise der Imbissbude zurück. Das Thermometer an der Kioskwand zeigte mittlerweile vierunddreißig Grad. Viele der Sportler saßen auf Picknickdecken unter den großen Bäumen, hielten die Füße in die Donau oder bewegten sich vorwiegend auf den überdachten Flächen des Skaterparks.
»Die Kiosk-Verkäuferin hat also nichts gesehen und gehört und kennt weder Alex noch diese Männer«, fasste Marie zusammen. »Und jetzt?«
»Reden wir mit Simon«, schlug Franzi vor. »Sie sah auf ihre Armbanduhr. »In zehn Minuten treffen wir unsere Stunthelden ja schon.«
Marie machte ein nachdenkliches Gesicht. »Einerseits denke ich, dass wir uns in Alex' Angelegenheiten nicht einmischen

sollten. Er hat uns das ja deutlich zu verstehen gegeben. Andererseits ist es echt krass, was ihm heute passiert ist. Wer weiß, was da noch kommt.«

Kim nickte. »Womöglich ist Alex in Gefahr. Es könnte gut sein, dass die Rollen vom Board manipuliert wurden. In der Verbindungsplatte haben drei abgebrochene Schrauben gesteckt. Das ist doch kein Zufall! Ich hab den Verdacht, dass ...«

»... jemand die Schrauben angesägt hat«, brachte Marie Kims Satz zu Ende.

Kim pickte einen Brötchenkrümel von ihrem Teller und steckte ihn in den Mund. »Ja.«

»Aber wer?«, fragte Marie und gab gleich selbst die Antwort: »Die beiden Männer! Oder dieser Lars! Mit allen hatte er Streit.«

Franzi stocherte in ihrem Schälchen mit Pommes frites herum. »Alex' Board war in der Zeit, in der er mit seinem Freund gestritten hat, unbeaufsichtigt. Ich hab genau gesehen, dass er es, als er gehen wollte, suchen musste. Er war ganz überrascht, es im Gebüsch zu finden.« Franzi gabelte ein Kartoffelstäbchen auf und ertränkte es in Ketchup. »Theoretisch könnte jeder, der an der Bank vorbeigekommen ist, etwas mit dem Board gemacht haben.« Sie steckte sich nachdenklich die Pommes in den Mund.

»Die große Frage ist, warum?«, murmelte Kim.

Marie trank ihre Cola aus. »Vielleicht denkt dieser Lars, dass Alex ein Konkurrent ist. Was, wenn er ihn ausschalten will, damit er nicht ins Olympia-Team kommt und ihm die Medaille wegschnappt?«

Kim seufzte. »Es gibt viele Möglichkeiten.«

»Und dann ist da noch die Sache mit dem Zettel, der Alex aus der Hosentasche gefallen ist«, meinte Marie. »Das ist hundert Prozent das Papier gewesen, das ihm der Mann gegeben hat.« Marie runzelte die Stirn. »Ich hab was von *Donau, Bratislava* und *Ausflugsschiff* lesen können. Außerdem standen da ein Datum und zwei Uhrzeiten.« Sie sah auf die hingeschmierten Ziffern auf ihrem linken Handrücken.
»3. August, also morgen, und 11 Uhr irgendwas und 15 Uhr irgendwas. Ich glaube, das war ein ausgedrucktes Ticket für eine Schifffahrt.«
»Bist du sicher?«, fragte Kim. »Die Männer sahen nicht gerade so aus, als wollten sie Alex eine gemütliche Fahrt auf der Donau schenken.«
Franzi sammelte die schmutzigen Pappteller und leeren Becher ein und warf sie in den Mülleimer. »Wir kommen so nicht weiter. Wir sollten einfach mit Simon reden. Auf geht's!«

Die Jungs warteten schon, als die drei Detektivinnen bei den Rampen ankamen. Sie hatten sich einen schattigen Platz unter einer ausladenden Eiche gesucht, ihre Helme und die Arm- und Beinschützer ins Gras geworfen und tranken gierig aus ihren Wasserflaschen.
Blake winkte Franzi zu. Sein verschwitztes Gesicht strahlte überglücklich. »Ich hab's geschafft!«, rief er und stellte die Flasche ab. »Sieben Mal Landung im Schildkröten-Style. Und dann drei Mal richtig. Morgen darf ich auf die Profi-Rampe!«
»Wahnsinn.« Franzi freute sich sehr für ihren Freund. »Aber das war ja wohl klar!«

»Blake ist ein absolutes Talent«, bestätigte Simon. »Er kommt in den USA garantiert in die Wettkampfmannschaft.«
Franzi zuckte zusammen. Da war es wieder, das Thema, das sie eigentlich ausblenden wollte. Überrascht stellte sie fest, dass ihr dennoch ein Lächeln gelang. Ihr Herz zog sich dieses Mal nicht zusammen. Das warme Gefühl, das der Stolz auf ihren Freund und die Freude über seinen Erfolg hervorrief, war stärker als jeder Herzschmerz. »Das schafft er selbstverständlich«, hörte sich Franzi sagen. Sie lief zu Blake und sie gaben sich einen langen Kuss.
Irgendwann räusperte sich Kim. Franzi sah auf und grinste. »Das musste sein.«
»Keine Frage«, sagte Kim.
Franzi setzte sich neben Blake ins Gras und lehnte sich an den Rolli an.
»Wie war eure Tour?«, fragte Simon.
Marie und Kim ließen sich ebenfalls auf der Wiese nieder. »Ganz anders als geplant«, sagte Marie. Sie zupfte eine Hand voll Gras aus uns ließ es zu Boden rieseln. »Kann es sein, dass dein Bruder in Schwierigkeiten steckt?«
Simon hob die Augenbrauen. »Wie meinst du das?«
Marie holte tief Luft und begann zu erzählen.
Simon wurde zunehmend blasser.
Nachdem Marie geendet hatte, trommelte er nervös mit den Händen auf seinen Oberschenkeln. »Das klingt alles vollkommen mysteriös. Noch vor drei Wochen hätte ich gesagt, ihr spinnt.« Simon nahm einen Schluck Wasser und drehte die Flasche in seiner Hand. Mit rauer Stimme fuhr er fort: »Mein Bruder ist in allem, was er tut, ein echtes Ass: Super in der

Schule, super beim Skaten, er hat einen super Job, mit dem er das Geld für die Fahrt nach Tokio zu den Olympischen Spielen verdient, er ist nett, er ist ruhig und man kann sich voll auf ihn verlassen.« Simon seufzte. »Genauer gesagt, *war* das so.«
Franzi zupfte einen trockenen Zweig aus dem Gras, der ihr in den Knöchel gepikt hatte. »Und was ist jetzt anders?«
Simon zögerte. »Ich weiß nicht, ob ich mit euch drüber sprechen soll. Ich komme mir vor wie ein Verräter.«
Franzi stocherte mit dem Ästchen zwischen den Grashalmen. »Klar, kann ich verstehen.« Mit einem leisen Knacken brach der Zweig ab. »Aber Alex scheint in echten Schwierigkeiten zu stecken. Diese zwei Typen haben ihn ziemlich aggressiv angegangen. Wer weiß, was noch alles passiert.«
»Du hast schon recht.« Simon rieb sich die Stirn.
»Alles bleibt unter uns«, versprach Marie.
Simon seufzte. »Ich weiß nicht, was ich machen soll. Ich hab ja schon versucht, mit Alex zu reden. Aber er mauert total.«
»Franz, Marie und ich könnten es noch mal probieren«, schlug Kim vor. »Aber dazu brauchen wir mehr Informationen von dir.«
»Also gut.« Simon holte tief Luft. »Alex und ich gehen auf dieselbe Schule. Dadurch habe ich mitbekommen, dass er mehrmals geschwänzt hat. Das hat er vorher nie gemacht. Trotzdem fand ich das erst mal nicht so schlimm. Es war vor den Sommerferien, da ist ja nicht mehr viel los.« Simon knautschte die leere Wasserflasche zusammen. »Ich dachte, er jobbt viel, weil er das Geld für die Reise nach Tokio zusammenkriegen muss. Oder dass er hart trainiert. Aber dann hat mich der Bäcker angesprochen, bei dem mein Bruder immer

aushilft. Er hat gefragt, ob ich wüsste, warum Alex bei ihm gekündigt hat! Und mehrere Skaterkumpel haben mich immer wieder angerufen, weil Alex nicht zum Training gekommen ist.« Simon ließ die Flasche ins Gras fallen. »Vorgestern hat Alex wieder gesagt, dass er zu seinem Bäckerjob geht – den er doch gar nicht mehr hat. Als er abends nach Hause kam, war er richtig schlecht gelaunt und hat sich ohne Abendessen in seine Werkstatt zurückgezogen. Ich bin zu ihm rein und hab ihn gefragt, ob irgendwas wäre. Aber er hat mich nur angepflaumt, dass er seine Ruhe haben wollte, und hat mich rausgeschmissen. So was hat er noch nie gemacht!«

»Das klingt alles echt merkwürdig«, sagte Franzi leise.

»Dass Alex von diesen Männern bedroht wurde, macht mir Angst«, meinte Simon. »Könnt ihr mit ihm reden?«

Franzi zog sich an Blakes Rollstuhl hoch und klopfte sich Gras von den Beinen. »Ja. Das werden wir! Ich schlage vor, wir lassen den Rollerskate-Dance-Kurs ausfallen und machen das sofort. Alex hat gesagt, dass er zu Hause sein Board reparieren will. Er müsste jetzt in seiner Werkstatt sein.«

Marie und Kim nickten, sprangen auf und schulterten ihre Rucksäcke.

»Das ist eine gute Idee«, sagte Simon. »Danke.« Er sah auf seine Uhr. »Schon so spät! Blake und ich müssen zu unserem Termin mit dem Verein.«

Franzi schickte Blake einen Kuss durch die Luft. »Viel Erfolg! Wir sehen uns später auf dem Hof. «

»Ja. Euch auch viel Erfolg!«, rief Blake. »Wie sagt ihr immer: *Drei, zwei, eins – los!!!*«

Franz kicherte. »So ungefähr.«

Zwanzig Minuten später kletterten die Detektivinnen aus dem Bus.
»Wie gehen wir vor?«, wollte Marie wissen, während sie das kurze Stück auf der schmalen Straße zum Thaler-Hof liefen.
Franzi wechselte ihren Rucksack auf die andere Schulter. »Am besten fallen wir nicht sofort mit der Tür ins Haus. Ich könnte Alex um einen Tipp bitten, wie ich mein Skateboard schneller mache. Und dann lenken wir das Thema auf sein kaputtes Board und den Unfall. Alles Weitere ergibt sich. Hoffentlich.«
»Das klingt gut«, fand Kim.
Marie nickte. »So machen wir es.«
Sie eilten durch die Einfahrt auf den Hof und liefen am Wohnhäuschen der Thalers vorbei.
»Wir wissen gar nicht, wo Alex seine Werkstatt hat«, sagte Franzi.
»So groß ist der Hof auch wieder nicht«, meinte Kim. »Außerdem können wir Frau Thaler fragen. Sie steht mit Connie dahinten beim Stall.«
Erika Thaler trug ein schickes graues Samtjackett mit einer weißen Bluse darunter sowie eine cremefarbene Reithose und glänzende schwarze Stiefel. Ihre Wangen waren von einer hektischen Rötung überzogen und sie sprach aufgeregt auf Connie ein.
Schnell liefen die Mädchen auf die beiden Frauen zu.
Frau Thaler hob verwundert die Augenbrauen. »Ihr seid gar nicht beim *Open Roll*?«
»Da waren wir«, erklärte Franzi schnell. »Wir wollten nur kurz mit Alex sprechen, er schraubt in der Werkstatt an seinem Board und ich brauche ein paar Tipps.«

»Alex ist auf der Skaterbahn. Er ist nicht hier.«

»Bestimmt nicht?«, hakte Kim nach. »Er müsste schon vor einer Stunde hier angekommen sein.«

»Nein«, antwortete Frau Thaler. »Ich bin seit über drei Stunden hier und arbeite. Ich hätte es bemerkt, wenn er zur Einfahrt reingekommen wäre.«

Die drei !!! sahen sich enttäuscht an.

»Wolltest du nicht in die Stadt ins Museum?«, fragte Marie plötzlich Connie.

Blakes Schwester zuckte mit den Schultern. »Planänderung. Ich helfe gerade aus. Ein Fiaker und ein weiterer Mitarbeiter sind krank geworden. Und Erika hat ausgerechnet heute eine Sonderfahrt.«

»Ach so. Für Herrn Liesing und seinen Heiratsantrag?«, fragte Kim.

»Ja.« Erika Thaler lächelte. »Du hast ein gutes Gedächtnis. Er kommt in einer Viertelstunde. Dann fahre ich ihn in der Kutsche zum Eissalon am Prater. Dort hat er sich mit seiner Verlobten verabredet.« Frau Thaler schmunzelte. »Die Dame wird bestimmt überrascht sein, dass heute viel mehr als Spaghetti-Eis auf dem Programm steht. Wir fahren nämlich gemütlich weiter in die Praterauen, zu einem wunderschönen Pavillon. Dort gibt es eine Jause und den Champagner und Herr Liesing darf die Frage aller Fragen stellen.«

»Ist das romantisch«, schwärmte Marie. »Der Mann gibt sich ja alle Mühe.«

»Ich finde das auch sehr süß«, sagte Connie. »Und deswegen fahre ich jetzt schnell los, damit die Picknicksachen und der Champagner rechtzeitig im Pavillon sind.« Sie winkte in die

Runde und lief zu einem kleinen Van, der neben dem Stall stand.
»Die Strecke ist im Navi eingestellt!«, rief Erika Thaler Connie zu. »Und tausend Dank für alles!«
»Mache ich gerne!«, rief Connie zurück.
Kaum war der Van vom Hof gefahren, rollte ein blauer Kleinwagen in die Einfahrt und parkte vor dem Camper von Connie und Blake.
Herr Liesing sprang heraus. »Grüß Gott! Ich hoffe, ich kann das Auto hier stehen lassen?«, rief er zum Stall rüber.
Frau Thaler nickte. »Selbstverständlich.«
»Ich bin etwas zu früh dran«, entschuldigte er sich und strich seine dunkelblaue Anzughose glatt. Er öffnete die Beifahrertür und hob vorsichtig ein weißes Körbchen heraus.
»Kein Problem. Kutsche und Pferde stehen schon hinten bei den Wiesen parat«, rief Frau Thaler. »Wir müssten nur das kleine Stück bis dahin laufen.«
Herr Liesing nickte begeistert. Beim Näherkommen erkannte er die Mädchen. »Wir haben uns doch gestern Abend gesehen, ja hallo!«
Kim, Franzi und Marie lächelten freundlich.
»Seht mal, was ich da habe!« Herr Liesing klappte vorsichtig den Deckel am Korb hoch.
Franzi wurde es sofort ganz warm ums Herz. In dem weich gepolsterten Körbchen saß ein Hundewelpe mit wuscheligem weißem Fell! Er blinzelte sie schüchtern an.
»Darf ich vorstellen: Das ist Lilly von den Helden vom Blauen Wasser. Ein reinrassiger Mini-Malteser aus hervorragender Zucht.« Herr Liesing strich dem kleinen Hund sanft über

den Kopf. »Ich habe ihr doch kein Mascherl umgebunden, das war viel zu groß für sie. Anneliese, meine Verlobte, wird auch so hin und weg sein, denke ich.«

»Wo haben Sie den Welpen so schnell herbekommen?«, wollte Franzi wissen.

»Das war ganz leicht!« Herr Liesing stellte den Korb vorsichtig auf den Boden. »Ich hab gestern Abend im Internet geguckt. Es gibt hunderte von Anzeigen für Hundewelpen, die zum Verkauf stehen. Eine aber hatte ganz besonders entzückende Fotos dabei. Ich hab angerufen und bekam direkt die Züchterin an den Hörer. Eine sehr nette Dame. Sie hatte noch genau einen Welpen vom letzten Wurf ihrer preisgekrönten Malteser-Hündin da! Zwölf Wochen alt, entwurmt, geimpft, gechippt, mit Stammbaum. Für gerade mal 680 Euro!« Herr Liesing hob die Augenbrauen. »Das ist kaum zu glauben. In anderen Anzeigen wurden über 1000 Euro für solch einen Welpen verlangt. Aber die Dame hat betont, dass es ihr nicht aufs Geld ankommt. Ihr ist es wichtig, dass ihre Tiere in liebevolle Hände zu verantwortungsvollen Leuten kommen. Deshalb hat sie mir Lilly auch heute Vormittag persönlich vorbeigebracht. Sie wollte sich ein Bild vom zukünftigen Zuhause ihres Lieblings machen.« Der Mann sah überglücklich aus. »Ist das nicht wunderbar? Und jetzt ist die kleine Lilly da und wird meine Anneliese glücklich machen.«

Franzi schluckte. »Das klingt wirklich gut.« Sie sah in den Korb. Der Welpe schlief mittlerweile.

»Sie ist so winzig«, sagte Marie gerührt.

»Sie ist ein Mini-Malteser«, erklärte Herr Liesing stolz. »Das ist eine neue Züchtung.«

»Davon hab ich noch gar nicht gehört«, murmelte Franzi.
Erika Thaler räusperte sich. »Wir sollten jetzt losfahren, damit wir pünktlich bei Ihrer Verlobten sind.«
»Selbstverständlich.« Herr Liesing nahm den Korb hoch und klappte den Deckel wieder vorsichtig herunter. »Servus, Kinder! Drückt mir die Daumen!«
»Das machen wir«, versprach Marie.
»Und viel Glück mit Lilly«, sagte Franzi.
Erika Thaler nickte den Mädchen zu. »Connie und ich sind gegen 19:00 Uhr wieder da. Ihr bedient euch in der Zwischenzeit einfach aus dem Kühlschrank, ja? Heute Abend gibt es Pizza.«
»Klasse!«, rief Kim. »Vielen Dank.«
»Ach, und wundert euch nicht: Vanessa ist nicht da. Sie ist mit Gretl für zwei Tage bei einer Freundin.«

Nachdem Frau Thaler und Herr Liesing gegangen waren, versorgten sich die Mädchen in der Küche mit Himbeerlimonade und Gläsern und zogen sich in die kühle Ferienwohnung zurück.
Franzi und Kim warfen sich auf die kleine Couch, Marie setzte sich an den schmalen Schreibtisch, der an der Wand gegenüber stand, und öffnete die Flasche. Sie verteilte die Limo auf drei Gläser und reichte Kim und Franzi die Getränke.
»Das mit der kleinen Lilly ist echt zu schön, um wahr zu sein«, meinte Franzi. Sie nahm einen Schluck und stellte ihr Glas auf dem Boden ab. »So einen Rassehund für so wenig Geld zu bekommen, ist wirklich ein Glücksfall.«
Kim balancierte ihr Glas auf ihrem Bein. »Ist doch toll! Der

Mann freut sich ja auch sehr. Lilly wird es bei ihm und seiner Verlobten bestimmt gut haben.«

Franzi zog Schuhe und Socken aus und presste ihre Füße gegen den kühlen Steinboden. »Ja, klar.«

Marie trommelte ungeduldig mit den Fingern auf der Tischplatte. »Was machen wir denn nun mit Alex? Sollen wir gleich zum Skaterpark zurückfahren und ihn vor oder nach seinem Contest abfangen?«

»Ich fürchte, das bringt nichts«, sagte Kim. »Da sind überall so viele Leute. Er wird kein Wort mit uns reden.«

Franzi zog die Füße hoch aufs Sofa. »Außerdem wissen wir gar nicht, ob er dort ist.«

»Stimmt auch wieder.« Marie holte ihr Tablet und tippte auf dem Display herum. »Zum Abendessen muss er ja auftauchen«, murmelte sie. »Dann knöpfen wir ihn uns vor.«

Franzi schnaubte. »Sei dir da mal nicht zu sicher. Beim Frühstück war er auch nicht.«

»Mist, richtig.« Marie tippte weiter auf ihrem Tablet.

»Musst du jetzt unbedingt mit dem Ding da spielen?«, fragte Kim genervt. »Wir halten gerade so etwas wie eine Detektivsitzung ab.«

Marie zog die Augenbrauen hoch. »Was denkst du von mir?« Sie drehte sich zu Kim und Franzi um und hielt ihnen das Tablet hin.

Franzi las mit zusammengekniffenen Augen:

Traumhafte Flussfahrt von Wien nach Bratislava: Lassen Sie sich den Fahrtwind um die Nase wehen und genießen Sie die vorbeiziehende Donaulandschaft. Nach 75 Minuten haben Sie die Hauptstadt der Slowakei und ihre zahlreichen Sehenswürdigkeiten erreicht. Buchen Sie jetzt DAS touristische Highlight …

Franzi hörte auf zu lesen. »Marie! Was soll das?«
»Super!«, rief Kim und klatschte in die Hände. »Sehr gute Idee.«
Franzi sah verdattert von Kim zu Marie und wieder zu Kim. »Eine Flussfahrt?! Wir haben wirklich Wichtigeres vor!«

Eine schlimme Nachricht

»Peinlich, peinlich, peinlich.« Franzi schlug sich die Hand vor die Stirn. »Wie konnte ich so auf dem Schlauch stehen?« Ihre Freundinnen hatten sie tatsächlich an das Schiffsticket erinnern müssen, das Alex von den merkwürdigen Männern bekommen hatte!

»Jeder kann mal Erinnerungslücken haben«, beruhigte Kim sie.

»Ja. Mach dir nichts draus«, meinte Marie, während sie auf dem Tablet tippte. Sie sah auf. »Fertig.«

Gemeinsam prüften sie die Eingaben in dem Online-Formular.

»Drei Fahrkarten, Wien–Bratislava–Wien, für morgen, den 3. August«, sagte Marie.

»Hinfahrt um 11:10 Uhr, zurück um 13:00 Uhr«, las Franzi vor.

Kim stutzte. »Das ist aber wenig Zeit für einen Aufenthalt in Bratislava. Na, egal.«

Marie drückte den *Senden*-Button und steckte ihre Junior-Kreditkarte zurück in die Geldbörse. Nach einem kurzen Blick in ihr Mail-Postfach sagte sie zufrieden: »Alles klar, die elektronischen Tickets sind da.«

»Dann werden wir mal sehen, ob Alex die Reise antritt und was er in Bratislava macht.« Kim trank ihr Glas aus. »Wir müssen nur noch dafür sorgen, dass er uns nicht erkennt.«

»Das ist kein Problem.« Marie stand auf und öffnete den großen Bauernschrank in der Ecke. Den größten Teil davon hatte sie für ihre Kleidung und ihre Schuhe in Beschlag genommen. Franzis und Kims Sachen passten hingegen locker in zwei schmale Ablagefächer. »Ich habe genügend Tücher, Sonnenbrillen, Käppis und Schmuck dabei. Und mein Schminktäschchen ist zum Glück auch wieder aufgetaucht.«

Kim zwinkerte Franzi zu. »Wie gut, dass Marie grundsätzlich mit Übergepäck reist.«

Marie drohte ihrer Freundin spielerisch mit dem Zeigefinger. »Wenn du mich ärgerst, bekommst du nichts von meinen Klamotten.« Sie warf ein großes weißes Seidentuch über ihre Freundin. »Nur das hier!«

Kim stand kichernd auf und tastete sich, mit dem Tuch über ihrem Kopf, in Richtung Marie. »Der Geist nimmt Rache«, drang ihre Stimme dumpf durch den Stoff.

»Das Sofa ...«, sagte Marie.

»Ups«, machte Kim, verlor das Gleichgewicht und plumpste wie ein nasser Sack vornüber auf die Couch. Lachend zog sie sich das Tuch vom Gesicht.

Marie und Franzi mussten ebenfalls lachen.

»Hallo, Mädels!«, rief plötzlich jemand.

Blake stand mit seinem Rolli in der Eingangstür.

Simon lugte hinter seiner Schulter hervor. »Ihr habt's ja lustig!«

»Das passt wunderbar«, stellte Blake fest. »Es gibt nämlich was zu feiern.«

Die drei !!! sahen die Jungs neugierig an.

»Was denn?«, fragte Franzi.

»Blake und ich sind die neuen Protagonisten der großen WCMX-Kampagne!«, rief Simon. »Morgen geht's mit ei-

nem Fotoshooting los und in den nächsten Tagen werden Videos gedreht und Interviews gemacht.«
»Die ziehen das richtig groß auf: Internet, Presse, Fernsehen«, ergänzte Blake. »Wahnsinn, oder?«
Franzi rannte zu Blake und umarmte ihn. »Fantastisch!« Im nächsten Moment quiekte sie auf. Etwas Kantiges hatte sich in ihren Oberschenkel gebohrt. »Autsch. Was war das denn?«
Erst jetzt sah sie die Thermo-Plastiktasche, die auf Blakes Schoß lag. »Was hast du da?«
»Eis für alle«, sagte Blake. »Drei Familienpackungen Schoko, Vanille, Erdbeer!«
Simon hielt eine weitere Einkaufstüte in die Höhe. »Plus Waffeln, Schokosoße und Zuckerstreusel!«
»Ihr seid die Besten«, jubelte Kim.
Sie holten schnell Schalen und Löffel aus der Küche und machten es sich im Garten an einem kleinen Bistro-Tisch gemütlich.
Das Eis war schon ziemlich angetaut, schmeckte aber gerade in seiner flüssig-cremigen Konsistenz köstlich. Die krossen Waffeln und knusprigen Zuckerstreusel waren ein leckerer Kontrast dazu.
Franzi schloss für einen Moment die Augen und genoss den fruchtig-süßen Geschmack der Erdbeer-Vanille-Mischung auf ihrer Zunge.
Blake und Simon erzählten weitere Details von ihrem Treffen mit dem Organisationsteam der WCMX-Kampagne. Sie waren aufgedreht und voller Tatendrang.
»Wir dürfen für die Clips auch richtig verrückte Sachen machen«, schwärmte Blake. »Mit dem Rolli auf einem Skate-

board balancieren und downhill fahren zum Beispiel. Super, oder?«

Simon schaufelte sich eine weitere Portion Schokoeis in sein Schälchen. Er tupfte einen Klecks, der auf die Tischplatte gelangt war, weg und leckte seinen Finger ab. »Apropos Skateboard. Sorry, Blake, ich mach mal kurz einen Themenwechsel.« Er sah die drei !!! ernst an. »Habt ihr eigentlich schon mit Alex geredet?«

»Nein«, antwortete Kim. »Leider ging das nicht. Er ist nicht zum Hof gekommen.«

»Okay.« Simon nahm einen Löffel von seinem Eis. »Schade. Ich hatte gehofft ...«

»Wir haben aber einen Plan«, platzte Franzi heraus.

Kim trat ihr unter dem Tisch leicht gegen das Schienbein.

»Den brauchen wir jetzt aber nicht zu erläutern«, murmelte Marie.

»Warum nicht?« Franzi wusste natürlich, dass es ein ungeschriebenes Gesetz ihres Detektivclubs war, mit niemandem über laufende Ermittlungen zu sprechen und keine Details zu verraten. Aber hier lag die Sache doch anders. »Simon ist quasi unser Auftraggeber«, gab Franzi zu bedenken. »Wir können ihm doch ruhig sagen, was wir vorhaben.«

»Nein, wir ...« Kim verstummte und reckte den Hals.

Aufgeregte Stimmen waren von der Einfahrt her zu hören. Autotüren wurden zugeschlagen und schnelle Schritte knirschten auf dem Kies.

Erstaunt stellte Franzi fest, dass der kleine Van, mit dem Connie vorhin weggefahren war, wieder auf dem Hof geparkt war. Blakes Schwester stand mit Herrn Liesing und einer zierlichen

Frau mit dunklem Pagenschnitt vor dem blauen Kleinwagen. Sie war sehr blass und blickte besorgt drein. Den weißen Korb hielt sie fest in ihren Händen.
»Wo ist Frau Thaler mit der Kutsche?«, rief Kim. »Warum sehen alle so besorgt aus? Da muss was passiert sein!«
»Hoffentlich hat seine Verlobte nicht Nein zum Antrag gesagt!«, rief Marie.
»Los, wir gehen zu ihnen.« Franzi sprintete los.
Als sie das Auto erreicht hatten, waren Herr Liesing und seine Verlobte bereits eingestiegen. Connie hatte sich zum offenen Fahrerfenster gebeugt. »Dr. Horvath kann bestimmt helfen!«, rief sie, während der Motor angelassen wurde.
Connie trat zurück. Herr Liesing wendete den Wagen und steuerte ihn zügig zur Einfahrt hinaus.
»Was ist denn passiert?«, wollte Franzi atemlos wissen.
Blakes Schwester hob mit einem bedauernden Blick die Hände. »Der kleinen Lilly ging es, kurz bevor Erika mit dem Paar wieder zurück durch die Praterauen fahren wollte, plötzlich ganz schlecht. Sie war apathisch, hat sich übergeben und Fieber bekommen. Erika hat Herrn Liesing empfohlen, den Welpen ganz schnell zum Tierarzt zu bringen. Zum Glück kennt sie einen sehr guten und hat auch gleich dort angerufen und Lilly angekündigt.«
»So ein Pech!«, rief Marie. »Und was ist aus dem Heiratsantrag geworden?«
»Du hast vielleicht Nerven«, fuhr Franzi ihre Freundin an. »Das ist eine ganz schlimme Nachricht: Fieber und Erbrechen sind für einen Welpen sehr gefährlich. Und du interessierst dich nur für diesen Antrag.«

Marie lief rot an und schnappte nach Luft. »Hör mal!«
»Beruhige dich, Franzi«, ging Kim dazwischen. »Ich kann verstehen, dass dir der Welpe sehr am Herzen liegt. Aber ich finde es auch in Ordnung, dass Marie sich Sorgen um Herrn Liesing und Anneliese macht. Er hat sich solche Mühe mit der Planung gegeben. Mich würde auch interessieren, ob die beiden bald ein glückliches Hochzeitspaar sind.« Kim atmete tief durch. »Oder nicht.«
Franzi schluckte. »Okay, Entschuldigung. Ich glaube, ich habe etwas überreagiert.«
Connie klopfte Franzi und Marie auf die Schulter. »Dem Welpen geht es bestimmt bald besser. Und der Heiratsantrag war ein voller Erfolg. Anneliese war vollkommen gerührt. Sie hat sofort Ja gesagt. Die beiden wollen im nächsten Frühjahr heiraten.«
»Wie schön!«, jubelte Marie.
Auch Franzi lächelte jetzt.
»Dieses Paar ist wirklich sehr nett«, meinte Connie. »Sie haben sich so liebevoll um Lilly gekümmert. Ich wünsche ihnen das Allerbeste und dass es dem Hund bald wieder gut geht.«
»Das hoffe ich auch«, sagte Franzi.
Simon sah auf die Uhr. »Wo steckt eigentlich meine Mutter?«
»Sie ist auf dem Weg«, sagte Connie. »Sie hat die Picknicksachen aufgeräumt und transportiert sie im Fiaker hierher. Der Van stand ja nicht mehr zur Verfügung, weil ich Herrn Liesing und seine Verlobte schnell zu seinem Auto bringen musste.«
»Alles klar«, sagte Simon.

Connie sah auf die Uhr. »Ich hole jetzt unsere Pizza ab. Ihr könnt schon mal den Tisch decken, okay?«

Eine Stunde später saßen die drei !!!, Blake, Simon, Connie und Erika Thaler an dem langen Holztisch bei der Pferdewiese und ließen sich Meter-Pizza und Tomatensalat schmecken. Die vier Fiakerpferde grasten gemütlich in der untergehenden Abendsonne auf der Weide.

Kim lehnte sich zurück und gab ein wohliges Seufzen von sich. »Geht's mir gut!«

Erika Thaler lächelte. »Das freut mich!«

»Schade, dass Alex nicht dabei ist.« Simon schob eine Tomatenscheibe mit der Gabel auf seinem Teller hin und her. »Wo ist er denn?«

»Ich nehme an, bei Lars«, sagte Frau Thaler. »Er hat vorhin geschrieben, dass er noch trainiert, dass sie danach irgendeine Strategieplanung machen und es spät wird.«

»Aha.« Es war Simon deutlich anzusehen, dass er Zweifel hatte.

Auch Franzi glaubte nicht, dass Alex gerade seine Zeit mit Lars verbrachte. Dafür hatte der Streit am Vormittag viel zu ernst ausgesehen. Wo auch immer der Junge steckte, es war klar, dass er ihnen aus dem Weg gehen wollte.

»Ist etwas, Simon?«, fragte Frau Thaler besorgt. »Du guckst so komisch.«

Simon schüttelte den Kopf. »Alles in Ordnung.« Er zögerte und schien nach einer Ausrede zu suchen, um nicht von seiner Sorge um Alex erzählen zu müssen. »Ich hab an morgen gedacht«, sagte er schließlich. »Ich muss dringend meinen Rolli

noch etwas aufpolieren. Blake und ich machen bei einer Image-Kampagne für WCMX mit und wir werden beim Training fotografiert.«
Frau Thaler legte Messer und Gabel beiseite. »Das ist toll. Erzählt mehr!«
Connie beugte sich interessiert vor. »Ja! Das klingt spannend.«
Während die Jungs Erika Thaler und Connie von ihrem Treffen mit dem Organisationsteam berichteten, rückten die drei !!! näher zusammen.
»Alex will uns definitiv aus dem Weg gehen«, raunte Kim. »Aber morgen erwischen wir ihn!«
Marie runzelte die Stirn. »Hoffentlich kommt er zum Schiff.«
»Es bleibt spannend«, stellte Franzi fest.

Welpe in Gefahr

Franzi schloss leise die Tür zur Ferienwohnung, um Kim und Marie, die noch im Tiefschlaf lagen, nicht zu wecken.
Sie schlüpfte in ihre Joggingschuhe. Genüsslich atmete sie die frische Morgenluft ein, in die sich ein zarter Duft nach Rosenblüten, Pferden und Heu mischte. Ihre Armbanduhr zeigte kurz vor sieben. In wenigen Minuten waren Blake und sie zu einer Frühsportrunde verabredet.
Langsam lief Franzi den schmalen Kiesweg entlang, der durch den Garten zum rückwärtigen Teil des Wohnhauses führte.
Der Camper kam in Sicht. Blakes Handbike-Zusatz für den Sportrolli lehnte schon einsatzbereit neben der Tür. Franzis Herz klopfte freudig. Gleich würden sie und Blake eine Dreiviertelstunde ganz allein für sich haben!
In dem Moment, als Franzi das Wohnmobil erreicht hatte, öffnete sich die Tür und die Rampe fuhr aus. Blake warf Franzi eine Kusshand zu und rollte leise und langsam hinunter.
»Es geht auch ohne Todessprung«, stellte Franzi grinsend fest.
Blake grinste zurück. »Ich bin anpassungsfähig. Connie schnarcht in ihrer Koje noch vor sich hin. Ich will sie nicht wecken.« Er drückte den Knopf und die Rampe fuhr wieder ein.
»Ich freue mich schon«, sagte Blake leise, während er das Handbike-Rad an seinen Rollstuhl koppelte. »Simon hat mir einen guten Rundweg gezeigt, der hinter den Ställen anfängt. Komm!« Er griff in die Handpedale und kurbelte los.

Franzi setzte sich in lockerem Laufschritt neben ihn.
Blake warf ihr einen Blick von der Seite zu. »Ich genieße es immer, wenn wir zusammen sind. Jede Minute!«
»Ich auch«, sagte Franzi. »Jede einzelne Minute!«
Ein großes, warmes Glücksgefühl durchströmte ihren Körper. Sie wünschte sich, dass dieser Moment nie zu Ende ginge. Leider aber verflog die Zeit, wie immer bei ihren gemeinsamen Sporttouren, wie im Flug.
Als sie wieder an der rückwärtigen Seite der Ställe angelangt waren, schlug die nahe gelegene Kirchturmuhr acht Mal.
»Schon so spät!«, rief Blake. »Jetzt muss ich mich aber beeilen. Connie fährt Simon und mich in einer halben Stunde zum Fotoshooting.« Er kurbelte, was das Zeug hielt. »Das Frühstück muss wohl ausfallen.«
Franzi hatte Mühe, mit Blake mitzuhalten. »Dann sehen wir uns erst heute Abend bei der *Rolling Night*«, keuchte sie.
Blake bremste abrupt. »Richtig.« Er sah Franzi nachdenklich an. »Ihr könntet doch zum Fototermin mitkommen.«
Franzi strich über Blakes Hand. »Eigentlich eine gute Idee. Aber Kim, Marie und ich fahren nachher mit dem Schiff nach Bratislava.«
Blake machte große Augen. »Was wollt ihr denn da?«
Franzi biss sich auf die Lippe. »Detektivsache.«
»Echt jetzt?« Blake schüttelte den Kopf. Aber dann lächelte er. »Das war ja klar. Hat es etwas mit Alex zu tun?«
Franzi gab Blake einen Kuss. »Kein Kommentar.«
Blake seufzte. »Seid bitte vorsichtig. Denk dran: Wir wollen heute Nacht noch Seite an Seite durch Wien rollen.«
Franzi lachte. »Versprochen!«

»Jetzt muss ich aber wirklich los«, sagte Blake. Er packte die Handpedale und spurtete los.

»Ich freu mich schon auf verrückte Fotos!«, rief ihm Franzi hinterher.

Blake reckte einen Arm in die Luft. »Versprochen!«

Franzi schlenderte versonnen weiter.

Als sie am Wohnhaus vorbeikam, drangen vom geöffneten Küchenfenster Stimmen zu ihr. Sie klangen sehr ernst. Erschrocken blickte Franzi zum Fenster hinein.

Kim und Marie saßen auf der Bank in der Sitzecke am gedeckten Frühstücktisch. Beim Kachelofen standen Erika Thaler und ein hochgewachsener, schlanker Mann, der sein schwarzes Haar sorgfältig zur Seite gescheitelt hatte. Er trug grüne Gummistiefel, Jeans und ein braunes Leinen-Jackett.

Kim entdeckte Franzi und rief: »Da bist du ja endlich. Komm rein! Es gibt nicht so gute Nachrichten.«

Franzi biss sich auf die Lippe. »Was ist denn?«

»Komm einfach!«, rief Marie zurück.

Franzi lief zur Haustür und eilte durch den Flur.

Erika Thaler begrüßte sie mit einem Lächeln. »Guten Morgen! Möchtest du einen Kakao?«

»Gerne.« Franzi ließ sich neben Kim auf die Bank fallen. Sie nickte dem Mann zu. »Guten Morgen!«

Der Mann winkte ihr freundlich zu. »Ich bin Jiri Horvath.«

»Jiri ist ein guter Freund der Familie«, erklärte Frau Thaler, während sie eine dampfende Tasse mit heißer Schokolade vor Franzi auf den Tisch stellte. »Er ist Tierarzt und kümmert sich regelmäßig um unsere Pferde. Deswegen ist er auch heute Morgen hierhergekommen.«

»Herr Liesing war gestern mit Lilly bei Dr. Horvath«, platzte Kim heraus. »Es ging ihr so schlecht, dass sie noch am Abend in die Tierklinik eingewiesen wurde. Sie bekommt jetzt starke Medikamente und Infusionen.«

»Wie bitte?« Franzi durchfuhr es eiskalt. »Das ist ja schlimm! Was hat sie denn?«

Dr. Horvath hob beruhigend die Hände. »Das Tier ist in der Klink in den allerbesten Händen. Mach dir keine Sorgen.«

»Aber was hat sie?«, rief Franzi.

»Das kann ich noch nicht sagen«, erklärte Dr. Horvath. »Die Ergebnisse aus dem Labor bekomme ich erst am späten Vormittag. Erbrechen, Fieber, Apathie: Das sind Symptome, die bei verschiedensten Krankheiten vorkommen. Parvovirose konnte …«

»*Parvovirose?*«, fragte Franzi entsetzt. Ein Dutzend Alarmglocken begannen in ihrem Kopf zu schrillen. »Eine der schlimmsten Viruserkrankungen bei Hunden! Für einen Welpen ist das die totale Gefahr. Er kann ganz schnell daran sterben. Aber ich verstehe das nicht. Ich dachte, die Krankheit wäre bei uns so gut wie eingedämmt. Alle Welpen bekommen doch eine Impfung, sobald sie drei Monate alt sind! Das darf nicht wahr sein. Die arme Lilly, sie wird …«

»Stopp, stopp!«, rief Dr. Horvath. »Du hast mich nicht ausreden lassen. Lilly leidet *nicht* an Parvovirose. Das konnte ich mit einem Schnelltest ausschließen.«

Franzi fiel augenblicklich ein Stein vom Herzen. »Ganz sicher?«

»Sicher«, rief Dr. Horvath. Er räusperte sich. »Du kennst dich gut in der Tiermedizin aus. Wie kommt das?«

»Mein Papa ist Tierarzt«, sagte Franzi. »Ich helfe ihm oft in seiner Praxis. Außerdem liebe ich Tiere und will alles über sie wissen.«

»Das ist großartig.« Dr. Horvath nickte Franzi anerkennend zu. »Leider gibt es viel zu viele Leute, die sich überhaupt keine Gedanken über Tiere machen. Selbst dann nicht, wenn sie sich eines anschaffen.« Dr. Horvath ging zum Tisch, nahm seine Kaffeetasse und trank einen kleinen Schluck. »Wie zum Beispiel Herr Liesing! Dieser Mann hat völlig unüberlegt übers Internet einen Welpen gekauft, von dem er nicht weiß, wo er herkommt, und für den er keinen Vertrag bekommen hat, geschweige denn gültige Impf- und Abstammungspapiere. Die Unterlagen, die Herr Liesing mir gezeigt hat, sind Fälschungen. Und zwar sehr schlechte.« Dr. Horvath verlor zunehmend die Beherrschung. Seine Wangen röteten sich stark, als er weitersprach: »Ich habe Lilly genau untersucht. Sie ist weder geimpft noch hat sie einen Chip zur Erkennung implantiert bekommen noch ist sie zwölf Wochen alt. Lilly ist ein armes kleines Hundebaby, das noch nicht mal alle Milchzähne hat. Sie ist viel zu früh von ihrer Mutter getrennt worden. Ihr Immunsystem ist noch nicht ausgereift. Deshalb ist sie jetzt krank geworden.«

Franzi konnte nur schockiert schweigen.

»Das ist unglaublich!«, rief Kim. »Herr Liesing hat uns erzählt, dass er Lilly von einer sehr netten Züchterin hat.«

Dr. Horvath stellte seine Tasse abrupt auf dem Tisch ab. Kaffeespritzer landeten auf der Tischdecke. »Eine seriöse Züchterin würde einen Welpen niemals in dem Zustand, in dem Lilly ist, abgeben. Herr Liesing hat sich ja noch nicht einmal ihre Zuchterlaubnis zeigen lassen. Ich bin überzeugt davon, dass das eine Betrügerin ist, die nur schnelles Geld machen wollte.«

Franzi taute langsam aus ihrer Schockstarre auf. »Wie es Lilly ergeht, ist dieser Frau vollkommen egal. Das ist schlimm!« Sie ballte die Fäuste. »Wer weiß, wie viele arme Hundebabys sie noch verschachert. Der muss man das Handwerk legen!«

Dr. Horvath seufzte. »Ich habe den Züchternamen, der in den Papieren genannt wird, bereits ans Veterinäramt gemeldet. Man kann nur hoffen, dass der Name überhaupt stimmt.«

»Und dass die Behörden bald etwas unternehmen«, sagte Erika Thaler leise. »Die arbeiten viel zu langsam!«

»Es ist eine Schande.« Dr. Horvath nickte langsam. »Bei uns in Österreich dürfen übrigens nur registrierte Züchter oder Tierschutzorganisationen Tiere gewerblich anbieten. Privatpersonen ist das verboten. Aber es gibt trotzdem haufenweise Leute, die ohne Erlaubnis Hundezuchten betreiben und die Tiere online verkaufen. Und die Betreiber der Plattformen, auf denen die Inserate laufen, kontrollieren das nicht.«

»So eine Schweinerei!« Franzi starrte wütend vor sich hin.

»Ich teile deine Wut«, sagte Dr. Horvath. »Und, glaub mir, ich und viele meiner Kollegen halten die Augen offen. Wir werden nicht aufgeben, den Behörden auf die Füße zu treten und sie darauf hinzuweisen, dass sie schärfer kontrollieren müssen!«

Dr. Horvath klopfte Franzi auf die Schulter. »Das ist kein schönes Thema gewesen. Ich hoffe, ihr genießt dennoch eure Zeit in Wien! Ich muss mich jetzt leider verabschieden. Die Pferde der anderen Fiakerunternehmen warten.«

Franzi rutschte auf der Bank zum Fenster. Als Dr. Horvath draußen daran vorbeilief, rief sie: »Dürfen wir Sie anrufen und nach Lilly fragen?«

Dr. Horvath lächelte Franzi an. »Natürlich. Erika hat meine Telefonnummer.«

»Danke!«

Erika Thaler setzte sich zu den Mädchen an den Tisch und sah zuversichtlich in die Runde. »Es wird schon alles wieder gut werden! Jetzt frühstückt erst mal in Ruhe.«

Kim sah zur Uhr über dem Kachelofen. »Kurz vor neun«, stellte sie fest. »Dann haben wir noch etwas Zeit.« Hastig nahm sie eine Brotscheibe aus dem Korb und bestrich sie mit Butter.

Frau Thaler nippte an ihrem Kaffee. »Fahrt ihr wieder zum Skaterpark?«

»Ja«, log Kim und hielt sich die Brotscheibe in einer merkwürdig verkrampften Haltung vor das Gesicht.

Franzi sah von der Seite, dass Kims Wangen sich rosa färbten. Ihre Freundin hasste Lügen jeder Art und fühlte sich offensichtlich äußerst unwohl.

Aber manchmal ging es eben nicht anders.

»Schön!«, sagte Frau Thaler. »Alex ist auch schon ganz früh hingefahren. Wahrscheinlich trefft ihr ihn.«

»Das wäre ja prima«, sagte Franzi. *Auch, wenn ich hoffe, dass er nicht wirklich auf der Skaterbahn ist, sondern auf dem Schiff nach Bratislava, wo wir vielleicht endlich mal eine Erklärung für das merkwürdige Verhalten von diesem Jungen bekommen,* fügte sie in Gedanken hinzu.

Undercover-Aktion

An der Schiffsanlegestelle herrschte dichtes Gedränge. Ein Großteil der Touristen und jede Menge Wiener, die in den Ferien in der Stadt geblieben waren, schienen sich an diesem Tag für einen Ausflug mit dem Schiff entschieden zu haben.

Franzi rückte ein Stück zur Seite, um nicht vom Rucksack der großen Frau erdrückt zu werden, die sich neben sie in den Schatten einer Reklametafel gedrängelt hatte. Sie stieß gegen einen dicken Mann, auf dessen T-Shirt der Schriftzug *Vienna forever* prangte, und entschuldigte sich. Der Mann reagierte nicht, er hatte den Zusammenstoß scheinbar gar nicht bemerkt.

Franzi zog Kim und Marie zu einem kleinen Platz vor der Absperrung zum Flussufer, der in der prallen Sonne lag. Hier herrschte weniger Betrieb. Nur ein braun gebranntes Pärchen hielt seine Gesichter in die Sonne und schleckte schweigend Eis.

Franzi blickte ihre Freundinnen durch den kleinen Schlitz an, der zwischen dem Rand ihrer großen Sonnenbrille und dem breiten Schirm ihres Käppis blieb. »Ich brauche dringend eine Extraportion Energie.«

»Jetzt? Hier?«, fragte Marie überrascht. Ihre Augen waren hinter den spiegelnden Gläsern einer Pilotensonnenbrille verborgen und die Lippen leuchteten in einem intensiven Korallenrot. Es harmonierte gut mit dem restlichen Outfit, das Marie für ihre Undercover-Aktion gewählt hatte: ein ausladender

Strohhut in Orange, goldene Kreolenohrringe, ein rotes Minikleid und goldfarbene Riemchensandalen. Sie sah mindestens fünf Jahre älter aus.

Franzi zupfte nervös an den Falten des knöchellangen Batikkleids, das sie von Marie geliehen hatte. Sie vermisste in diesem Moment ihre gewohnten Sportklamotten sehr. »Ja, bitte sofort«, presste sie hervor.

»Okay.«

»Aber schnell, ich verbrutzel in der Sonne«, bat Kim. Auf ihrer Stirn standen Schweißperlen. Sie hatten schon das weiße Seidentuch durchfeuchtet, das ihre Haare verbarg.

»Alles klar.« Franzi trat näher zu ihren Freundinnen, räusperte sich und sagte: »Drei!«

»Franzi?!«

»Sorry. EINS!«

Kim nickte und flüsterte: »Zwei!«

Marie folgte mit »Drei!«.

Dann warfen sie die Arme in die Luft und riefen gemeinsam: »Power!!!«

Sofort spürte Franzi, wie eine Welle von Kraft und Energie durch ihren Körper strömte. Ihr Kopf wurde klar und sie konnte tief durchatmen. Der Powerspruch hatte immer wieder eine ganz erstaunliche Wirkung!

»Wenn wir die Sache mit Alex erledigt haben, kümmern wir uns um den Fall Lilly«, sagte Franzi bestimmt.

»Machen wir«, versprach Marie. Sie sah konzentriert in die Menschenmenge. »Er ist immer noch nicht da.«

»Sollen wir näher an den Landungssteg gehen?«, fragte Kim. Ohne eine Antwort abzuwarten, zog sie ihre Freundinnen mit

sich. »Der Platz hier ist gut. Wir können jeden, der aufs Schiff geht, genau sehen.«
Marie reckte plötzlich den Hals und bog die Krempe ihres Huts hoch. »Leute! Ich glaube es nicht.« Sie zog ihre Sonnenbrille ein Stück nach unten und starrte angestrengt zum Ende der Menschenschlange. »Eindeutig! Sie haben die gleichen Klamotten an wie gestern. Dahinten stehen die Typen!«
»Welche Typen?« Franzi sah Marie verständnislos an, dann fiel der Groschen. »Die Männer, die Alex das Ticket gegeben haben!«
»Ja. Das sind sie«, sagte Kim aufgeregt. »Die sehen nervös aus. Sie scheinen zu warten.«
»Auf Alex«, murmelte Marie.
Die Anzeige der großen Uhr über der Anlegestelle rückte auf elf Uhr.
»Das Schiff legt an!«, rief Kim.
In die Menschenmenge kam Bewegung.
Das große weiße Tragflügelboot glitt in einer eleganten Bewegung an die Hafenmauer heran. Schiffsmitarbeiter warfen dicke Taue über die Poller an Land und sicherten das Boot. Ein Mann in blauer Uniform löste die Kette vor der Rampe, die auf das Schiff führte. Die Passagiere zeigten ihre Tickets und strömten an Bord.
Als die beiden Typen mit düsteren Mienen an ihnen vorbeigingen, zog Franzi unwillkürlich ihre Kappe tiefer ins Gesicht. Auf die Männer folgte als Letzte in der Schlange ein Paar mit drei Kindern, die sich kichernd am Seil entlanghangelten, das als Haltegriff diente.
»Alex ist nicht gekommen«, stellte Kim enttäuscht fest.

»Aber die beiden Männer«, rief Marie. Sie bückte sich unter dem Halteseil durch und sprang von der Seite auf die Rampe. »Los, aufs Schiff!«

Kim und Franzi folgten ihr schnell.

»Immer schön langsam, gnä' Frau«, raunzte der Mann in der blauen Uniform. Er taxierte Marie mit einem abschätzigen Blick. »Wir lassen Sie schon nicht schwimmen bis zum schönen Bratislava.«

»Äh. Danke.« Marie rückte ihren Hut zurecht und lächelte den Mann schief an, während sie ihm die mobilen Tickets auf dem Handy vorzeigte.

Die meisten Passagiere saßen bereits auf ihren Plätzen.

Franzi entdeckte die Männer am Rand einer Sitzreihe in der Mitte. Sie hatten ihre Taschen auf dem leer gebliebenen Platz zwischen ihnen abgelegt.

Marie deutete zu drei freien Sitzen einer Reihe direkt vor dem großen Panoramafenster am Bug des Schiffs.

»Das sind unsere, kommt.«

Während sie sich an den bereits sitzenden Fahrgästen vorbeischlängelten, ließ Franzi die Männer nicht aus den Augen.

»Zu blöd, dass sie so weit weg sind«, raunte Franzi. »So wird das nichts mit Belauschen.«

Marie schüttelte den Kopf. »Wir müssen nur so lange auf den Plätzen bleiben, bis das Boot auf den Hauptstrom der Donau gelangt ist. Dann kann man sich frei bewegen und auch aufs Oberdeck rauf. Stand alles auf der Homepage.« Sie ließ sich in ihren Sitz fallen. »Und dann«, flüsterte sie, »sehen wir zu, dass wir in die Nähe von den Typen kommen.«

»Gut.« Franzi ließ sich auf dem Platz neben Kim nieder.

Das Schiff hatte mittlerweile Fahrt aufgenommen. Die Silhouetten großer Lagerhallen, mächtiger Silos und hoher Bürotürme zogen an den Panoramafenstern vorbei. Unzählige Kräne streckten ihre langen eisernen Arme in den Himmel.

Eine Stimme erklang über die Lautsprecher an der Decke. Der Kapitän begrüßte die Ausflugsgäste und begann, etwas über die Geschichte der Wiener Hafenanlagen und der Donauauen zu erzählen.

Franzi war zu nervös, um zuzuhören. Immer wieder drehte sie sich vorsichtig zu den Männern um, weil sie wissen wollte, ob sie etwas Auffälliges taten. Auch Marie und Kim schauten in regelmäßigen Abständen nach hinten. Doch die Männer saßen einfach nur schweigend da. Der eine kaute Kaugummi und blickte zu Boden, der andere sah gelangweilt zum Fenster hinaus.

Als Franzi sich das nächste Mal umdrehte, schliefen die Typen fest.

Selbst als die Durchsage erfolgte, dass die Passagiere aufstehen und sich die frische Brise auf dem Oberdeck um die Nase wehen lassen konnten, rührten sich die Männer nicht.

Die Detektivinnen gesellten sich zu ein paar Fahrgästen, die am Fenster in der Nähe der Männer Fotos von der vorbeiziehenden Uferlandschaft machten. Marie knipste mit ihrem Handy ebenfalls los, während Kim sich gegen die Scheibe lehnte und so tat, als beobachte sie hochinteressiert die Flussnatur. Franzi behielt die Männer im Auge.

»Ich mache ein Foto von den beiden«, flüsterte Marie schließlich Franzi zu. »Stell dich mal seitlich zu ihnen an die Sitzreihe.«

Die verdeckte Fotoaktion gelang und Marie schlenderte ein Stück weiter.
Über eine Stunde lang wechselten sie die Fenster und Positionen. Eine der Detektivinnen beobachtete die Männer immer. Doch nichts tat sich.
Erst, als der Kapitän die Ankunft in Bratislava verkündete, kam Bewegung in die beiden Typen. Sie sprangen auf, schnappten ihre Taschen und drängten sich erstaunlich schnell bis in den Vorraum des Schiffsausgangs vor, wo sie in erster Reihe Position bezogen.
Die drei !!! beeilten sich, ebenfalls dorthin zu gelangen.
»Passt auf, dass die nach dem Anlegen nicht gleich wegrennen und in der Touristenmasse verschwinden«, warnte Marie leise. »Die sind schneller, als man glaubt.«
»Kein Problem«, meinte Franzi genervt. »Nach der Rumsteherei in der letzten Stunde lege ich gerne einen Sprint hin.«
Kim runzelte die Stirn. »Den würde ich gerne vermeiden.«
Fünf Minuten später war der kleine Hafen von Bratislava erreicht und die Detektivinnen verließen hinter den Männern das Boot. Zum Glück liefen die beiden nicht besonders schnell, die Mädchen konnten mühelos mit einem ausreichenden Sicherheitsabstand folgen.
»Jetzt bin ich wirklich gespannt, was sie machen«, sagte Marie.
Die Männer stiegen die Treppe an der Kaimauer hoch und steuerten auf eine Reihe kleiner roter Sightseeing-Busse zu, die auf dem Standstreifen einer viel befahrenen Straße geparkt waren.
Die drei !!! sahen sich zweifelnd an.

»Sie wollen eine Rundfahrt durch die Stadt machen?«, fragte Kim überrascht.
Die Männer gingen an den Bussen vorbei, ohne ihnen Beachtung zu schenken.
»Okay, also nicht«, murmelte Marie.
Im nächsten Moment verschwanden die Typen hinter einem kleinen Gebäude, in dem ein Souvenirladen und der Ticketverkauf für die Stadtrundfahrten untergebracht waren.
»Achtung!«, rief Marie. »Wir verlieren den Sichtkontakt.«
Sie beschleunigten ihre Schritte.
Als sie die Rückseite des Gebäudes erreicht hatten, staunten sie: Ein kleiner Biergarten schloss sich an. Er war von hüfthohen dichten Büschen gesäumt und sehr gut besucht. Die eng stehenden Tische waren beinahe bis zum letzten Platz besetzt. Im Stimmengewirr der Gäste waren die verschiedensten Sprachen herauszuhören.
»Da sind sie«, flüsterte Kim.
Die Männer waren an einen der hinteren Tische herangetreten, an dem ein älterer Herr mit einer altmodischen Brille saß. Graues Stoppelhaar lugte unter seiner abgewetzten Schirmmütze hervor. Vor ihm standen drei große Bierkrüge. Von einem hatte der Mann offensichtlich bereits getrunken, die anderen beiden waren noch bis zum Rand gefüllt. Er begrüßte die beiden Typen mit Handschlag. Sie schoben ihre Taschen unter den Tisch und setzten sich. Sofort redeten sie aufgeregt auf den älteren Mann ein.
Der knallte plötzlich seine flache Hand auf den Tisch, schüttelte den Kopf, klopfte dann aber dem einen Mann mit versöhnlichem Gesichtsausdruck auf die Schulter.

»Wir müssen hören, was sie reden«, zischte Kim. »Aber es gibt keine freien Plätze mehr, Mist!«
Die Detektivinnen pirschten sich außen an den Pflanztrögen vorbei und knieten sich auf Höhe des Tischs mit den drei Männern nieder. Marie zog sich schnell ihren auffälligen Hut vom Kopf und knautschte ihn in ihren Matchbeutel.
Franzi lugte durch die schmale Lücke zwischen zwei Büschen. In dem Moment rückte der grauhaarige Mann mit seinem Stuhl ein Stück nach hinten und beugte sich vor.
Franzi hielt die Luft an. Hatte er sie bemerkt?
Der Oberkörper des Mannes tauchte im Dunkel unter dem Tisch ab. Er wollte sich scheinbar nur den Schuh zubinden.
Franzi atmete aus.
Die beiden Typen prosteten sich mit den vollen Bierkrügen zu und tranken in großen Schlucken.
Der Grauhaarige tauchte mit rotem Kopf wieder auf. Er musste sich mit einer Hand am Tisch abstützen, um sich vollends aufzurichten. Dann grinste er die Männer an, hob seinen Bierkrug und stieß mit ihnen an. Alle drei tranken ihre Gläser in einem Zug leer.
Die beiden Typen standen auf und hängten sich ihre Taschen wieder um. Sie verabschiedeten sich von dem Mann mit der Brille, der nun ebenfalls aufstand. Er zog eine kleine Reisetasche unter dem Tisch hervor, klemmte sie sich unter den Arm und verließ den Biergarten über den rückwärtigen Eingang.
Die beiden Männer liefen in die entgegengesetzte Richtung.
»Was war das jetzt?«, zischte Marie, während sie sich hastig aufrichtete und Staub von ihren Knien wischte.
»Sie haben irgendwelche Informationen ausgetauscht.« Kim

runzelte die Stirn. »Nur leider haben wir kein Wort davon mitbekommen.«
Franzi sah den Männern nervös hinterher. »Wir müssen ihnen folgen!«
Kim warf einen Blick auf ihre Armbanduhr. »Sie gehen garantiert zum Hafen zurück. In zehn Minuten fährt das Schiff nach Wien ab.«
Tatsächlich schlugen die Männer den Weg ein, der zur Schiffsanlagestelle führte.
Zehn Minuten später landete das Ausflugsboot an.
Die Detektivinnen folgten den Männern an Bord.
Auf der Rückfahrt spielte sich das gleiche Spiel ab wie auf der Hinfahrt: Die Männer nahmen wortlos ihre Plätze ein und verfielen in ein Nickerchen.
Dieses Mal saßen die Detektivinnen zwei Reihen hinter ihnen.
Kim starrte nachdenklich nach vorne. Sie knetete ihre Lippe.
»Die Taschen«, murmelte sie plötzlich und schnippte mit den Fingern. »Das ist es! Habt ihr gesehen, wie der grauhaarige Mann sich unter den Tisch gebückt hat?«
»Ja.« Marie sah Kim verwirrt an. »Er hat sich den Schuh zugebunden. Was haben die Taschen der Typen damit zu tun?«
Augenblicklich fiel es Franzi wie Schuppen von den Augen.
»Er hat unter dem Tisch etwas in die Taschen gesteckt!«
»Genau das denke ich auch.« Kim zog sich das Tuch vom Kopf und fächelte sich Luft zu. »Ich glaube, die schmuggeln.«
»Klingt logisch«, murmelte Marie. Sie sah mit zusammengekniffenen Augen zu den schlafenden Männern. »Dann sollten wir uns mal mit ihren Taschen beschäftigen.«

Mit allen Wassern gewaschen

»So ein Mist!« Franzi hielt den Blick fest auf die Männer geheftet, die in großen Schritten die Straße überquerten. Plötzlich wurde sie im vollen Lauf am Arm gepackt und zurück auf den Gehweg gerissen.
»Was soll das?«, fuhr Franzi Marie an.
»*Bei Rot bleibst du stehen, bei Grün kannst du gehen!*« Marie lockerte ihren Griff. »Gilt nicht nur für kleine Kinder. Ich habe keine Lust, dich im Krankenhaus zu besuchen.« Sie reckte den Hals. »Grün. Kommt! Sie biegen in die Seitenstraße ein.«
Franzi eilte hinter Marie und Kim her. »Ist ja gut, ich war in Gedanken«, rief sie.
»Klar«, sagte Marie, als Franzi sie eingeholt hatte. »Ich will auch wissen, was in den Taschen ist. Trotzdem riskiere ich dafür nicht mein Leben!«
Franzi nickte betreten. Ihr waren einfach die Nerven durchgegangen. Es war aber auch zu ärgerlich: Sie hatten auf dem Schiff nicht die geringste Chance gehabt, näher an die dubiosen Taschen heranzukommen. Die Männer hatten sie zu ihren Füßen gelagert und waren bis zur Ankunft in Wien nicht aufgestanden. Als sie das Schiff verließen, konnten Kim, Marie und sie sich zwar nahe an die beiden heranschleichen und die Taschen genauer betrachten. Das hatte allerdings nichts gebracht: Es waren unauffällige Sporttaschen, gut verschlossen, und sie schienen nicht besonders schwer zu sein. Goldbarren transportierten die Männer also nicht darin.

»Drogen? Falschgeld? Geklauten Schmuck?«, murmelte Kim, die scheinbar Franzis Gedanken lesen konnte.

»Und Alex hat damit etwas zu tun«, stellte Marie betroffen fest. »Das ist heftig.«

»Aber er hat nicht mitgemacht«, sagte Franzi. »Die Typen wollten ihn zwingen, aber er ist nicht zum Schiff gekommen.«

»Das stimmt«, sagte Kim. »Wie auch immer: Er steckt in Schwierigkeiten.«

»Achtung, sie bleiben stehen«, zischte Marie. »Vor dem kleinen Café!«

Sie zog Kim und Franzi blitzschnell mit sich hinter eine Litfaßsäule. Vorsichtig lugten die Detektivinnen dahinter hervor.

Die Männer stellten die Taschen auf zwei Mopeds ab, die neben dem Eingang des Cafés geparkt waren. Sie schnappten sich die Helme von den Lenkern.

»Die fahren weg«, keuchte Franzi. »Wir müssen sie aufhalten!«

»Mit denen lege ich mich nicht an«, antwortete Marie. Sie trat einen Schritt vor, machte ein Foto mit ihrem Handy und zog sich schnell wieder zurück. »Die Kennzeichen haben wir«, sagte sie mit einem zufriedenen Blick aufs Display.

Die Männer saßen mittlerweile fahrbereit auf ihren Mopeds, die Taschen hatten sie vor sich auf die Tanks gelegt.

»Worauf warten die?«, fragte Franzi.

Ein großer blonder Mann in einer braunen Lederjacke und hellen Jeans trat aus dem Café. Er spielte mit dem Autoschlüssel in seiner Hand und lief auf dic beiden Männer zu. Mit einer gezielten Bewegung nahm der blonde Mann die Taschen an sich und lief zügigen Schrittes weiter.

Die Mopeds wurden gestartet und schossen mit lautem Röhren davon.

Franzi konnte keinen klaren Gedanken fassen. Sie sah zwischen dem blonden Mann, der die Straße hochlief, und den sich in die andere Richtung entfernenden Mopeds hektisch hin und her.

»Ihm nach«, zischte Kim.

Franzi wurde von ihr und Marie mitgezogen.

Der blonde Mann lief, ohne sich umzusehen, ein Stück die Straße weiter, dann bog er rechts ab. Nach wenigen Metern blieb er vor einem weißen SUV stehen, legte die Taschen vorsichtig im Kofferraum ab, stieg ein und ließ den Motor an. Zügig wurde der Wagen auf die Straße gesteuert und entfernte sich schnell.

»Das ist heute nicht unser Tag«, jammerte Franzi.

Marie zückte geistesgegenwärtig ihr Handy und fotografierte den wegfahrenden Wagen. Als sie sich zu Franzi und Kim umdrehte, sah sie die beiden überrascht an. Sie starrte auf die gegenüberliegende Straßenseite. Dann schrie sie: »Alex?«

Franzi wirbelte herum. Sie nahm zwei Gestalten wahr, die sich hinter einem geparkten Auto wegduckten.

»Da drüben sind Alex und, ich glaube, Lars.« Marie formte die Hände zu einem Trichter und rief: »Kommt raus! Lasst uns reden! Was wird hier gespielt?«

Es kam keine Antwort.

Franzi sah durch die Autoscheiben hindurch Schatten, die sich schnell bewegten. Plötzlich erschallten zwei kurze harte Aufschläge. Darauf folgte das markante Geräusch von Hartgummirollen, die über Asphalt bretterten.

Franzi hielt die Luft an: Alex und Lars schossen auf ihren Boards über den Gehweg und rasten auf die Straße. Innerhalb weniger Sekunden waren sie aus ihrem Blickfeld verschwunden.

»Ich fasse es nicht.« Marie lehnte sich gegen die Hauswand. »Das ist wirklich nicht unser Tag.«

»Das kannst du laut sagen.« Kim stieß einen Seufzer aus. »Ich schlage vor, wir fahren zum Hof zurück und lassen uns in Ruhe durch den Kopf gehen, was wir nun machen.«

Marie und Franzi waren sofort einverstanden.

»Ich brauche jetzt erst mal eine kalte Cola«, verkündete Marie, nachdem sie durch den efeubewachsenen Torbogen gegangen waren und vor dem Wohnhaus der Thalers standen. Außer zwei Mitarbeitern, die gerade die Ställe ausmisteten, schien niemand da zu sein. Die Mädchen holten sich aus der Küche Getränke und Gläser.

Als sie wieder aus dem Haus kamen, sahen sie einen blauen Pkw, der in der Zwischenzeit auf den Hof gefahren war.

»Das ist doch Herr Liesing«, sagte Marie.

Die Fahrertür öffnete sich und sie begrüßten den Mann.

Er zögerte kurz, dann winkte er ihnen zu: »So schick heut! Ich hätte euch beinahe nicht erkannt.«

»Man tut, was man kann«, meinte Franzi lahm.

Der Mann nickte. »Ich bin vorbeigekommen, weil Anneliese in der Aufregung um Lilly ihre Jacke in der Kutsche vergessen hat.«

»Ein hellblaue Stoffjacke mit Bubikragen?«, fragte Marie.

»Ja, genau!«

»Frau Thaler hat sie gestern Abend gefunden und in den Flur gehängt. Warten Sie, ich hole sie schnell.« Marie verschwand im Haus.
»Wie geht es Lilly?«, platzte Franzi heraus.
Herr Liesing seufzte. »Das arme Hunderl. Es geht ihm schon etwas besser, aber es muss noch zur Beobachtung in der Tierklinik bleiben.« Er lehnte sich gegen das Auto und verschränkte die Arme vor der Brust. »Stellt euch vor: Lillys Impfpass und die Abstammungspapiere sind gefälscht! Und der Tierarzt meinte, sie ist krank geworden, weil sie ihrer Mutter viel zu früh weggenommen wurde. Dabei hat mir die Züchterin erzählt, dass Lilly schon über drei Monate alt ist.«
Marie kam mit der Jacke aus dem Haus und gab sie Herrn Liesing.
»Vielen Dank!«, murmelte er zerstreut und knautschte sie in seinen Armen zusammen. »Sie hat glatt gelogen!«
»Wer?«, fragte Marie erstaunt.
»Die Frau, die Lilly an Herrn Liesing verkauft hat«, erklärte Franzi.
»Die ist mit allen Wassern gewaschen«, ereiferte sich der Mann. »Diese Gabi Lorenz! Ich habe sie gestern Abend angerufen und gefragt, ob irgendwelche Vorerkrankungen bei Lilly bekannt sind. Damit in der Klinik entsprechend schnell gehandelt werden kann. Und, was sagt sie mir? Bei ihr sei der Welpe kerngesund gewesen. Ich sei schuld, ich hätte ihm das falsche Futter gegeben. Ich solle sie bloß nicht weiter belästigen. So eine Frechheit!«
Franzi spürte Wut in sich aufsteigen. »Wie gemein! Angeblich liegen ihr doch ihre Hunde so am Herzen.«

Herr Liesing legte die Jacke ins Auto. »Alle meine weiteren Anrufe hat die Dame einfach weggedrückt. Unfassbar.« Er stieg ins Auto. »Ich muss zu Anneliese. Sie ist bei Lilly in der Klinik. Ich hoffe, die Kleine kämpft und hält durch. Unsere kleine Heldin vom Blauen Wasser. Sie muss es einfach schaffen!« Herr Liesing wollte die Autotür zuziehen.
Franzi rief: »Bitte, einen kurzen Moment noch. Wir sind Detektivinnen. Wir machen die Frau für Sie ausfindig!«
Herr Liesing sah Franzi mit großen Augen an. »Detektivinnen? Ihr seids für Überraschungen gut.«
Marie zog das silberne Etui mit den Visitenkarten des Detektivclubs aus der Seitentasche ihres Matchbeutels.
»Hier ist unsere Karte.«

Herr Liesing las aufmerksam.
»Ganz wunderbar«, sagte er schließlich und legte die Karte auf die Ablage vor der Scheibe. »Aber es macht eh keinen Sinn, diese Dame zu suchen. Das hilft Lilly auch nicht weiter.« Er lächelte die drei !!! an. »Vielen Dank für euer Mitgefühl. Ich muss jetzt wirklich dringend los.«

»Natürlich muss die Frau gefunden werden«, rief Franzi, nachdem Herr Liesing vom Hof gefahren war. »So geht man nicht mit Tieren um. Und wer weiß, ob sie nicht noch andere viel zu junge Welpen verkauft!« Franzi war den Tränen nahe.

»He.« Marie legte einen Arm um sie. »Beruhige dich. Wir werden uns um den Fall kümmern.«

Franzi atmete tief ein. »Ja, das werden wir. Und zwar jetzt sofort!«

Marie und Kim sahen sie verdattert an. »Aber was ist mit den Männern und mit Alex?«, fragte Kim. »Wir müssen …«

»Dazu ermitteln wir später weiter«, verkündete Franzi bestimmt. Sie holte ihr Handy aus der Tasche tippte die Stichworte *Malteser, Helden vom Blauen Wasser* und *Wien* in die Suchmaschine ein.

Kim und Marie sahen ihr mit offenem Mund zu.

»Bingo!«, rief Franzi. »Es gibt eine Homepage.« Sie scrollte durch die Seiten und war überrascht, wie seriös alles auf den ersten Blick wirkte.

Kim kam zu Franzi und blickte ihr neugierig über die Schulter.

»Das sieht richtig gut aus«, sagte sie. »So viele Texte zu Hundeernährung und -erziehung. Die Geschichte der Malteserhunde …«

»Und schöne Fotos!«, rief Marie dazwischen, die sich ebenfalls über das Display gebeugt hatte. »War das vor dem Haus eine Art Welpen-Spielplatz? Die Kleinen haben ja sogar eine Mini-Rutsche und ein Planschbecken! Niedlich.«

»Das muss nichts heißen«, murmelte Franzi. »Texte und

Fotos kannst du dir im Internet zusammenklauen. In Wirklichkeit sieht es bei ihr bestimmt ganz anders aus!«

»Unten steht die Adresse mit einer Wegbeschreibung«, sagte Marie. Sie tippte auf die Karte, um sie zu vergrößern. »Das ist gar nicht so weit weg von hier«, stellte sie fest. »Wenn wir Räder hätten, könnten wir an der Donau entlangfahren und einfach hier hoch zur Simmeringer Haide. Das sind knapp zwanzig Minuten, schätze ich. Mit den Öffentlichen dauert es wohl viel länger.«

Franzi sprang auf. »Im Schuppen neben der Ferienwohnung stehen Fahrräder für die Gäste. Frau Thaler hat bestimmt nichts dagegen, wenn wir die nehmen. Los, kommt!«

»Gegen so viel Power kann man sich nicht wehren«, stellte Kim fest. »Auf geht's!«

Neue Erkenntnisse

Franzi warf einen kurzen Blick auf ihr Handy an der Lenkerhalterung. Laut Navi hatten sie ihr Ziel bald erreicht.
»In fünf Minuten sind wir da!«, rief sie über die Schulter.
»Super«, schallte es von Marie zurück, die wenige Meter hinter ihr fuhr.
Kim war etwas weiter hinten, hatte Franzi aber gehört. Sie winkte. »Ich könnte noch weiter fahren!«
Franzi staunte. Solch einen Satz hatte sie von Sportmuffel Kim noch nie gehört. Allerdings war der Radweg, der direkt neben dem üppigen Uferbewuchs der Donau verlief, tatsächlich wunderschön. Glatt asphaltiert und ohne große Steigungen, war er gleichermaßen geeignet für ein kilometerlanges Profitraining wie für Spritztouren von Ungeübten.
Franzi bremste. Weiter vorne zweigte rechts ein Weg ab, der durch Felder führte. Hier mussten sie abbiegen, um in die Siedlung zu gelangen, in der Gabi Lorenz ihre Hundezucht *Helden vom Blauen Wasser* betrieb. Mit dieser Frau würden sie jetzt gleich ein Wörtchen reden! Franzi trat kräftiger in die Pedale, das Rad holperte auf dem Feldweg an einem Mähdrescher vorbei, der seine Spuren im weiten Gerstenfeld zog.
Mehrere Gewächshäuser von Großgärtnereien tauchten auf, dahinter waren die roten und grauen Ziegeldächer von modernen Ein- und Mehrfamilienhäusern zu sehen.
Minuten später sprang Franzi vor einem gepflegten Haus mit sonnengelber Fassade vom Rad und lehnte es gegen einen Laternenpfahl. Ein hüfthoher weißer Lattenzaun umsäumte

das Grundstück. Das Tor, das zum Vorgarten führte, war geschlossen.
Während Marie und Kim neben ihr zum Stehen kamen, sah Franzi auf das Namensschild: *Bettina Zöllner*. Hatte sie sich in der Hausnummer geirrt?
Im nächsten Moment erklang leises Hundegebell, das schnell lauter wurde. Drei weiße Fellwuschel stürmten von der Seite des Hauses in den Vorgarten und postieren sich vor dem Tor. Sie bellten noch ein paar Mal, dann verstummten sie und sahen die Mädchen aufmerksam an.
Franzis Herz schlug beim Anblick der Malteser-Hunde sofort höher. »Wir sind richtig.«
Zwei Frauen kamen hinter dem Haus hervor. Die eine hatte kurze rote Haare, die andere lange blonde. Die blonde Frau hielt einen Malteser-Welpen im Arm, der ihr abwechselnd eifrig über den Arm schleckte und begeistert zu ihr hochguckte.
Die Frau mit den roten Haaren lächelte, als sie die Mädchen sah. »Überraschungsbesuch, na, so was! Wie kann ich euch helfen?«
Franzi schluckte. »Sind Sie Frau Lorenz? Gabi Lorenz?«
Die Frau schüttelte verwundert den Kopf. »Nein. Ich bin Bettina Zöllner.«
»Dann sind Sie Frau Lorenz?« Franzi sah die blonde Frau an. Sie strich dem Welpen sanft über den Kopf und wechselte einen entgeisterten Blick mit Frau Zöllner. »Nein!«
»Wohnt Gabi Lorenz hier?«, rief Kim.
Bettina Zöllner beugte sich zu einem der Hunde und kraulte ihn zwischen den Ohren. »Auch das nicht. Mir ist der Name leider nicht bekannt. Wer ist das?«

Der Hund warf sich ins Gras. Er streckte seinen Bauch zum Weiterkraulen hin. Die Frau strich sanft über sein Fell, während sie die Mädchen aufmerksam ansah.

Kim ignorierte die Fragen. »Das hier ist doch die Adresse der Malteser-Zucht *Helden vom Blauen Wasser*?«

»Ja. Das ist richtig.« Die Frau richtete sich wieder auf. »Ihr interessiert euch für Malteser-Hunde?«

Die drei wechselten einen Blick.

»Also, ja«, begann Marie. »Wir haben eine Anzeige im Internet gefunden«, log sie. »Wir, ich meine, ich möchte so gerne einen Malteser-Welpen …«

»Entschuldigt bitte vielmals«, unterbrach sie die Frau mit dem kleinen Hund auf dem Arm. »Ich muss meine Tochter von ihrer Freundin abholen. Ich will mich nur schnell von Frau Zöllner verabschieden und ihr Kasimir übergeben.«

»Natürlich«, sagte Marie.

Die Frau drückte dem Welpen einen sanften Kuss auf das Köpfchen. »Baba, Schatzerl, bis morgen!«

Der kleine Hund zappelte kurz, als er an Frau Zöllner gereicht wurde, drückte sich dann aber mit einem zufriedenen Grunzen in ihre Armbeuge.

Die blonde Frau seufzte. »Ich würde Kasimir am liebsten gleich mitnehmen.«

Frau Zöllner lachte. »Warte noch die drei Wochen, bis er alt genug ist, um sich von seinen Eltern und Geschwistern zu verabschieden. Bis dahin ist er geimpft und hat auch gelernt, dass er keine Angst vorm Staubsauger oder dem Postboten zu haben braucht.« Sie hielt den Welpen hoch. »Dann wird der Kasimir ein tolles Mitglied in eurer Familienmeute sein.«

Die blonde Frau lächelte. »Bestimmt!« Sie winkte und öffnete das Gartentor. »Ich besuche euch morgen um die gleiche Zeit wieder. Servus miteinander!«

»Wunderbar, mach das, Susanne!«, rief Frau Zöllner der Frau hinterher. Sie stieß einen leisen Pfiff aus und die drei erwachsenen Hunde, die sich dem offenen Tor genähert hatten, machten sofort kehrt. Schwanzwedelnd setzten sie sich hin.

»Die sind ja gut erzogen«, sagte Franzi.

»Anders geht es nicht, wenn man mehr als einen Hund in Haus und Garten hat. Malteser sind intelligente, anhängliche Zeitgenossen, sie sind jedoch keine Schoßhündchen.« Frau Zöllner lächelte Marie an. »Aber zu dir. Du möchtest gerne einen Hund haben. Das ist schön! Wer hat dir denn meine Zucht empfohlen?«

»Ich, ich hab diese tolle Anzeige im Internet gesehen«, stotterte Marie los.

Frau Zöllner schüttelte den Kopf. »Ich schalte keine Anzeigen im Internet. Du meinst meine Homepage.«

»Nein, oder, ja, vielleicht. Auf jeden Fall hat ein Bekannter die kleine Lilly gekauft und Sie haben sie ihm gleich am nächsten Tag vorbeigebracht, und ich wollte auch …« Marie geriet zunehmend aus dem Konzept. »Beziehungsweise hat diese Gabi Lorenz …« Marie brach endgültig ab und sah Franzi Hilfe suchend an.

Frau Zöllner runzelte die Stirn. »Wovon redest du eigentlich?«

Franzi überlegte fieberhaft. Ihr Bauchgefühl sagte ihr, dass Bettina Zöllner nichts mit dieser Gabi Lorenz zu tun haben konnte. Ein Restrisiko blieb jedoch. Sie konnten es mit einer ganz raffinierten Betrügerin zu tun haben. Franzi warf einen Seitenblick auf Kim.

Aber ihre Freundin reagierte nicht. Sie tippte und las konzentriert auf ihrem Handy.

»Kim?!«

Frau Zöllner legte eine Hand auf das Gartentor. »Ich weiß nicht, was ihr möchtet. Spielt ihr irgendein Spiel?« Die Hunde liefen nervös um die Frau herum und fingen an zu kläffen. Kasimir zappelte in ihrer Armbeuge.

»Nein!«, rief Kim, ohne den Blick vom Display zu nehmen. »Bitte warten Sie. Ich möchte Ihnen etwas zeigen.« Sie tippte weiterhin fieberhaft.

Frau Zöllner schüttelte den Kopf und schloss das Tor.

»Schauen Sie sich das an!« Kim reichte der Frau das Handy über den Zaun. »Wenn man die Stichworte *Mini-Malteser* und *Wien* eingibt, kommt man auf dutzende von Schnäppchen-Plattformen. Dort gibt es mehrere Tier-Inserate, in denen Malteserwelpen angeboten werden. Sie stammen wohl alle aus der Zucht *Helden vom Blauen Wasser*.«

»Das ist vollkommen unmöglich. Ich inseriere nicht auf Schnäppchen-Seiten!« Bettina Zöllner nahm das Handy und las. Hastig wischte sie Seite um Seite durch. »Du hast recht«, meinte sie schließlich. »Da wird immer wieder mein Zwingername genannt.« Sie starrte entsetzt aufs Display. »Dieses erbärmliche Geschäft mit armen Hundewelpen. Ich habe schon davon gehört, aber ich dachte nicht, dass es dermaßen viele Annoncen gibt.« Frau Zöllner öffnete das Gartentor wieder und gab Kim das Handy zurück. »Jemand missbraucht meinen guten Namen!«

»So ist es.« Kim steckte das Handy ein.
»Ich werde Anzeige erstatten!«, rief Frau Zöllner außer sich. Sie strich dem Welpen, der sich unruhig in ihrer Armbeuge bewegte, über das Köpfchen. »Ihr habt vorhin einen Namen genannt. Gabi Lorenz. Kennt ihr diese Person? Steckt sie hinter den Annoncen? Ihr müsst mir bitte erzählen, was ihr alles wisst!«
»Es ist nicht viel«, begann Franzi.
»Aber bestimmt einiges mehr, als ich weiß«, sagte die Frau. »Ich würde mich wirklich sehr freuen, wenn wir uns noch etwas unterhalten könnten.«
Marie nickte. »Das können wir gerne machen.«
Hintereinander marschierten die drei Detektivinnen durch das Gartentor und wurden von drei freudig kläffenden und schwanzwedelnden Malteser-Hunden begrüßt.

Fast zwei Stunden später saßen die drei !!! wieder auf den Rädern.
Franzi sah nervös nach hinten. Marie und Kim waren etliche Meter zurückgeblieben. Sie schaltete einen Gang zurück. »Beeilt euch. Die Jungs warten!« Was sie vorhin zusammen mit Frau Zöllner herausgefunden hatten, beschäftigte Franzi sehr. Den neuesten Erkenntnissen nach hatten sie noch einige Ermittlungsarbeit vor sich, um dieser Gabi Lorenz das Handwerk zu legen. Auch in der dubiosen Sache mit Alex und den merkwürdigen Männern würden sie noch viel zu tun haben. Ihr Detektivinstinkt war geweckt und sie wollte diese beiden Fälle unbedingt lösen. Aber jetzt, in diesem Moment, wollte Franzi nur eins: pünktlich zum Treffen für die *Rolling Night*

kommen, damit sie neben Blake in einer Riesenmenge von fröhlichen Menschen auf Rädern, Rollerskates, Bikes und Rollis durch Wien düsen konnte!

»Fahr einfach schon vor!«, rief ihr Marie zu. »Ich hab die Route auf dem Handy. *Gregors Würstelhimmel* in der Elisabethstraße, richtig? Kim und ich kommen nach.«

»Genau! Prima!« Dankbar winkte Franzi ihren Freundinnen und legte einen Zahn zu.

Wenige Minuten später führte der Weg durch eine Grünanlage. Franzi sah auf die Karte. Sie musste im Hyblerpark sein. Etwas mehr als zwei Drittel der Strecke lagen noch vor ihr. Aber wenn sie das Tempo halten konnte, würde sie fast pünktlich da sein. Sie strampelte kräftig weiter.

Zwanzig Minuten später hatte Franzi die Innenstadt erreicht, nach weiteren fünf Minuten endlich den Karlsplatz und den Anfang der Elisabethstraße. Eine nette Frau erklärte ihr den Weg zu dem bekannten Imbissstand *Gregors Würstelhimmel.*

Zehn Minuten nach acht hielt Franzi das Rad mit quietschenden Reifen knapp vor Blakes und Simons Rollstühlen an. Die Jungen ließen vor Schreck beinahe die Würstchen fallen, in die sie gerade hineinbeißen wollte.

Simon grinste Franzi kopfschüttelnd an.

»Schwungvoll«, sagte Blake und rückte den Pappteller auf seinem Schoß gerade. Dann sah er Franzi erstaunt an. »Ist das dein neues Sportoutfit?« Er hob die Augenbrauen. »Schick. Aber unpraktisch, oder?«

Franzi nestelte an dem Knoten, mit dem sie das weite Batikkleid über den Knien hochgebunden hatte, um damit nicht in die Speichen zu geraten. »Ich hatte keine Zeit mehr zum Umziehen.« Sie fiel Blake um den Hals. »Super, dich zu sehen!« Blake gab ihr einen Kuss. »Ich freue mich auch!« Er sah sich um. »Wo stecken Kim und Marie? Sind sie etwa mit Connie ins Musical gegangen?«

»Nein! Sie müssten gleich kommen.«

»Magst ein Würstel oder Pommes?«, fragte Simon. »Gregor spendiert uns heute alles, weil wir stark für die *Rolling Night* sein müssen.«

Jetzt erkannte Franzi den Mann hinter dem Tresen der Würstelbude. Es war der nette Nachbar, der am ersten Abend für das Essen gesorgt hatte.

Gregor beugte sich zu ihr rüber. »Ein paar Bratwürstel?«

Sofort spürte Franzi, wie hungrig sie war. »Gerne«, rief sie. »Vielen Dank!«

»Und mach gleich welche für Kim und Marie. Und Pommes für alle!«, fügte Simon hinzu.

Gregor tippte sich an die Mütze. »Sehr wohl.«

Im nächsten Moment rollten Kim und Marie auf ihren Rädern heran.

»Ich hab mein Sportpensum schon hinter mir, glaube ich.« Kim wischte sich den Schweiß von der Stirn und sah ziemlich unglücklich aus.

Das änderte sich jedoch schnell, als Gregor die Pappteller mit dem Essen auf den Tresen stellte und fünf Flaschen Limonade dazuschob. »Guten Appetit!«, rief er laut. »Wo steckt denn Alex? Der kommt doch bestimmt auch zur *Rolling Night*?«

Simon verzog den Mund. »Leider nicht. Es ist ihm etwas dazwischengekommen.«

»Aha.« Gregor legte einen Stapel Servietten auf die Theke.

»Hat er gesagt, was er macht?«, fragte Kim gespannt, während sie das Essen und die Getränke von der Theke an Franzi und Marie weitergab.
Simon drehte langsam den Pappteller auf seinem Schoß. »Er meinte nur, dass er bei Lars ist und dort übernachtet. Dann hat er aufgelegt.« Simon lachte trocken. »Wenn das mal stimmt. Er hat sich doch gestern erst total mit seinem Freund gestritten.«
»Wir haben die beiden heute Nachmittag hier in der Stadt gesehen.« Franzi stellte ihren Teller und die Limoflasche auf einer Bierbank ab.
»Was?! Habt ihr mit ihm gesprochen?«
»Nein.« Franzi setzte sich neben ihren Teller auf die Bank. »Er und Lars haben sich auf ihren Boards aus dem Staub gemacht, als wir sie bemerkt haben.«
»Wo war das?«
»Ein paar Straßen von der Schiffsanlegestelle am Schwedenplatz entfernt. Vor einem kleinen Café.«
»Das kann nicht sein.« Simon schüttelte langsam den Kopf. »Ich wüsste nicht, was Alex dort gemacht haben sollte!«
Franzi hielt es in diesem Moment für besser, Simon nichts weiter zu erzählen. Kim, Marie und sie wussten selbst noch nicht, was hinter all den merkwürdigen Beobachtungen, steckte, die sie gemacht hatten. Sie mussten sich selbst erst Klarheit verschaffen.
Kim und Marie nickten ihr unmerklich zu. Sie schienen das Gleiche zu denken.
»Wir werden deinen Bruder schon noch erwischen und mit ihm reden«, versprach Kim. »Alles wird sich klären.«

»Gut.« Simon lächelte schief. »Dann lassen wir das Thema für heute Abend. Wir sollten uns langsam zum Opernplatz aufmachen. Dort ist der Treffpunkt für alle Teilnehmer der *Rolling Night.*«

»Alles klar«, sagte Marie. »Lasst uns aufessen und dann nichts wie rüber.«

Zehn Minuten später bedankten sie sich bei Gregor und zogen los in die Abenddämmerung.

Der Platz vor der Staatsoper war von einer bunten Mischung von Menschen mit allen möglichen Rollsportgeräten bevölkert. Die Fahrradscheinwerfer, Stirnlampen und Handleuchten tauchten die Szenerie in ein wogendes Lichtermeer.

Die Masse rollte los. Franzi spürte Blake dicht neben sich. Sie atmete tief durch. Jetzt begannen die kostbaren Minuten. Franzi würde jede einzelne genießen.

Sissis Beauty-Salon

Detektivtagebuch von Kim Jülich
Freitag, 22:34 Uhr
KORREKTUR: Der Detektivclub macht keine Ferien!
Im Gegenteil: Wir haben plötzlich zwei Fälle auf einmal!!
1. Alex und die dubiosen Männer:
Simon macht sich große Sorgen um seinen Bruder. Zu Recht: Wir haben nämlich beobachtet, wie Alex von zwei Männern bedroht wurde, und nehmen an, dass sie ihn in eine Schmuggelaktion hineinziehen wollten! Alex hat zwar nicht mitgemacht, ist aber plötzlich an dem Ort aufgekreuzt, an dem das Schmuggelgut übergeben wurde. Völlig rätselhaft! Wir glauben, dass Alex Hilfe braucht. Er taucht leider immer wieder unter, sodass wir bislang keine Möglichkeit hatten, mit ihm zu reden.
Morgen Nachmittag soll Alex seine kleine Schwester Vanessa von einer Freundin abholen und nach Hause fahren. Das wird er ja wohl hoffentlich machen – und dann werden wir ihn auf dem Hof stellen. Es reicht! Er muss uns jetzt endlich erklären, was Sache ist!
2. Die skrupellose Hundewelpenverkäuferin:
Wir sind einer Frau auf die Spur gekommen (sie nennt sich Gabi Lorenz, aber das ist wahrscheinlich ein Deckname), die über das Internet das Hundebaby Lilly verkauft hat, das viel zu jung ist, um von seiner Mutter getrennt zu werden, und deshalb schwer krank geworden ist! Obendrein hat sie dem neuen Herrchen von Lilly, Herrn Liesing, gefälschte Papiere gegeben. Keiner weiß, ob der Welpe wirklich geimpft ist, wie alt er ist und wo er her-

kommt. Als Herr Liesing die Frau angerufen und sich deswegen beschwert hat, ist sie total unfreundlich geworden. Sie hat alles geleugnet und sogar behauptet, Herr Liesing wäre schuld, er hätte dem Welpen falsches Futter gegeben. Schlimm! Tierarzt Dr. Horvath hat uns erzählt, dass es einige Leute gibt, die Welpen über das Internet verkaufen, und dass es denen völlig egal ist, wie es den Hundebabys ergeht. Sie wollen nur schnelles Geld machen.

Das ist so furchtbar! Besonders Franzi macht das zu schaffen. Wir müssen diese Gabi Lorenz unbedingt finden, damit sie nicht weiter arme Welpen verschachert!!!

Zum Glück sind wir heute ein großes Stück in unseren Ermittlungen weitergekommen. Wir wissen jetzt:

Die Lorenz missbraucht für ihre Anzeigen im Internet den Namen einer seriösen, bekannten Malteser-Zucht: Helden vom Blauen Wasser. *Die echte Züchterin heißt Bettina Zöllner und war total entsetzt, als wir ihr die Inserate gezeigt haben.*

Sie wollte sofort bei der Polizei Anzeige erstatten. Wir haben deshalb versucht, die Adresse von Gabi Lorenz rauszufinden. Fehlanzeige: Bei allen Annoncen, die sie in den Schnäppchen-Plattformen geschaltet hat, werden nur die Handynummer und der Name genannt. Wir haben beides im Internet gesucht, sind aber nur wieder auf Tieranzeigen auf Schnäppchenseiten gekommen. Doch dann kam der Hammer: Frau Zöllner hat gesehen, dass dieselbe Handynummer, die bei den Malteser-Welpen-Anzeigen angegeben war, auch bei drei anderen Anzeigen für Labrador-, Pudel- und Dackel-Welpen genannt wurde. Bei denen standen drei andere Zwingernamen dabei, als Kontaktperson war immer Gabi Lorenz genannt! Frau Zöllner meinte, dass

es unmöglich sein kann, dass ein Züchter so viele verschiedene Hunderassen züchtet. Seriöse Züchter spezialisieren sich auf maximal zwei Rassen. Franzi war fassungslos und hat kurzerhand die Handynummer angerufen. Wer hat sich gemeldet? Gabi Lorenz! Franzi hat super reagiert: Sie hat vorgegeben, dass sie unbedingt einen Malteser-Welpen kaufen will, weil das Bild in der Anzeige so süß war. Die Frau war ganz begeistert und hat gesagt, dass gerade noch einer da wäre, für 680 Euro. Den könnte sie für Franzi bis morgen reservieren. Franzi hat gefragt, ob es auch einen Labrador-Welpen gibt. Ihre Schwester hätte gerne einen. Oder einen kleinen Dackel oder einen Pudel. Die Lorenz meinte, dass das alles kein Problem wäre, sie hätte viele Hunde. Franzi ist beinahe das Handy aus der Hand gefallen! Sie hat trotzdem geistesgegenwärtig gefragt, ob sie mal bei Frau Lorenz vorbeikommen und sich ein paar Welpen ansehen könnte. Die Frau meinte aber, dass es für die Tiere nicht gut wäre, wenn fremde Menschen zu ihr kommen. Sie würde die Welpen immer bei den Käufern vorbeibringen.
Klar, sie will nicht, dass ihre Adresse bekannt wird! Franzi hat gesagt, dass sie es sich überlegt, und schnell aufgelegt. Danach musste Frau Zöllner ihr erst mal einen starken Kakao machen.
Frau Zöllner wollte noch am Abend zur Polizei gehen und Anzeige erstatten. Wobei sie meinte, dass die Behörden in solchen Sachen leider viel zu langsam arbeiten. Umso wichtiger ist es, dass wir dranbleiben!
Morgen setzen wir die Detektivbesprechung fort und überlegen, was wir machen. Heute konnten wir alle nicht mehr klar denken. Dieser Tag hatte es echt in sich!!!

Geheimes Tagebuch von Kim Jülich
Samstag, 00:23 Uhr
Lesen immer noch verboten! Wer trotzdem weitermacht, darf danach zusammen mit David Lindemann – erfahrener und ausdauernder Killer von Hauptfiguren – einen Roman schreiben. Hossa!
Mir tut alles weh. Wir sind heute Abend über eine Stunde lang in einer Horde von verrückten Rollsportlern auf dem Opernring herumgeradelt. Es war schon magisch mit den Lichtern in der Dämmerung, und alle waren so gut gelaunt. Aber mir hätte es gereicht, das Spektakel gemütlich von einem Café aus zu betrachten.
Franzi und Blake sind die ganze Zeit dicht nebeneinander hergefahren, als würde sie ein unsichtbares Band verknüpfen. Das hat sehr schön ausgesehen. Ich kann mir überhaupt nicht vorstellen, dass die beiden bald so weit auseinander sind.
Sie sind wirklich tapfer und versuchen, sich nichts anmerken zu lassen. Aber ich fürchte, dass sie im Inneren total leiden.
Ich muss Franzi unbedingt demnächst ansprechen und sie fragen, ob sie reden will. Das tut ihr bestimmt gut.
Wenn ich mir nur vorstelle, dass David für so lange Zeit weggehen würde, bricht es mir das Herz.
Obwohl ich vorhin echt wütend auf ihn war!!! Ich hatte ihm gestern geschrieben, dass ich das mit Junos' Sehstörungen lieber weglassen würde. Stattdessen soll er in einer leuchtenden Sternschnuppennacht von einem kleinen Meteoriten getroffen und geheilt werden. Dann befreien Junos und Laurina endlich das Einhorn und ich kann mich auf die Liebesszene konzentrieren.
David hat geantwortet, dass er den Meteoriten super findet, ihn

aber lieber in einen Meteoritensturm umwandeln möchte, der eine intergalaktische Explosion hervorruft, die den Planeten verwüstet. Dabei würden Laurina und Junos wahrscheinlich sterben.
Ich fasse es nicht!!! Das kann David nicht ernst meinen, oder?! Ich hab jedenfalls erst mal nicht geantwortet. Und jetzt gute Nacht! (Auch dir, David, du Spinner!)

Am nächsten Morgen wurde Franzi lange vor dem Weckerklingeln wach. Sie streckte sich und schüttelte den Kopf, um die Reste von wirren Bildern darin loszuwerden. In einem immer wiederkehrenden Traum hatte sie auf einer großen grünen Wiese auf viele kleine Hundewelpen aufpassen müssen, die ständig in alle Richtungen davonliefen und von Spaziergängern in ihre Rucksäcke gesteckt wurden. Furchtbar.
Durchs offene Fenster wehte die nach Rosenblüten duftende Sommerluft. Franzi wäre gerne mit Blake zu einer Sportrunde aufgebrochen. Leider ging das nicht. Er und Simon waren schon in aller Frühe zu einem Video-Dreh gefahren. Sie sollten im Licht der aufgehenden Sonne spektakuläre Stunts auf den Rampen machen.
Franzi lächelte, während sie an Blake dachte. Die Tour gestern durch das nächtliche Wien war an seiner Seite so magisch gewesen. Sie hätte bis ans Ende der Welt mit ihm rollen können!
Schnell griff Franzi zu ihrem Handy. Sie musste sich ablenken, bevor sie doch wieder anfing, über den kommenden Abschied nachzudenken.
Franzi rief noch einmal eine der Anzeigen für die Malteser-Welpen auf. Das Bild über dem Text zeigte zwei winzige wu-

schelige Hunde, die vor einem Fenster mit rosa Vorhängen in einem Obstkorb saßen und treuherzig in die Welt blickten. Die Welpen waren kaum größer als die Birnen, die neben ihnen lagen.

Franzi seufzte. Wie konnten sie herausfinden, wo diese Gabi Lorenz wohnte? Plötzlich stutzte sie und betrachtete das Foto genauer. Auf der Fensterscheibe im Hintergrund war eine Aufschrift zu sehen: goldene, geschwungene Buchstaben, die in einem Halbkreis verliefen. Es musste sich um den Namen eines Ladens handeln. Franzi vergrößerte den Ausschnitt. Jetzt waren die Lettern deutlich zu erkennen, allerdings in Spiegelschrift. Franzi schnappte sich Maries Taschenspiegel vom Nachttisch und hielt ihn so gegen das Display, dass sie die Schrift entziffern konnte: *Sissis Beauty-Salon.*

Franzis Herz begann heftig zu klopfen. Sie gab den Namen zusammen mit dem Stichwort *Wien* in die Suchmaschine ein. Kurze Zeit später hatte sie die Adresse zu dem Schönheitssalon gefunden. Die Besitzerin war eine Elisabeth Hölzel. Franzi wagte kaum zu atmen. War das der richtige Name von Gabi Lorenz? Wussten sie jetzt, wo die Frau wohnte?

Franzi überlegte nicht lange. Es war eine Chance. Kim, Marie und sie mussten sofort zu diesem Laden fahren!

Sie rüttelte erst Marie am Arm, dann Kim. Beide waren nicht begeistert, so unsanft geweckt zu werden. Als sie jedoch den Grund für Franzis Attacke auf ihren Schlaf erfahren hatten, waren sie mit einem Schlag hellwach.

»Du bist einfach genial!«, rief Kim und lief ins Bad.

»Schenial, schenial, schenial«, schallte es noch mal zur offenen Tür heraus. Kim putzte sich offenbar gerade die Zähne.

Selbst Marie war im Bad in Rekordzeit fertig, sodass die Mädchen eine halbe Stunde später in die Küche zum Frühstück stürmen konnten. Der Tisch war bereits gedeckt, das benutzte Geschirr von Blake und Simon stand im Spülbecken. Erika Thaler war wahrscheinlich bei den Pferden und bereitete die Kutschen für die Fiakertouren vor.

Marie schrieb eine kurze Notiz für sie auf einen alten Kassenzettel und las vor: »Wir machen einen Ausflug nach Grinzing, kommen am Nachmittag wieder.«

Kim nickte zufrieden. »Das klingt gut.« Sie schenkte Tee in drei Tassen ein und griff nach einem Mohnbrötchen. »Und am Nachmittag nehmen wir uns endlich Alex vor. Der wird ja hoffentlich nicht vergessen, seine kleine Schwester abzuholen und zum Hof zurückzufahren!« Plötzlich zuckte sie zusammen. »Ich muss meiner Mutter noch eine Nachricht schicken. Sonst macht sie sich Sorgen. Sie hat mir gestern zwei Mal geschrieben und ich habe vergessen zu antworten.« Kim verschluckte sich, hustete und nahm einen Schluck Tee. »Ich verstehe das nicht, sie ist auf einem Fortbildungsseminar für Vertrauenslehrer. Ist das so langweilig, dass sie sich mit Textnachrichten ablenken muss?«

Franzi grinste. Frau Jülich war Rektorin an einer Grundschule und überaus engagiert in ihrem Beruf. Genauso eifrig war sie in der Erziehung ihrer eigenen Kinder. Sie machte sich bestimmt einfach Gedanken, ob Kim alleine in Wien klarkam.

»So, erledigt«, sagte Kim. Sie steckte das Handy ein und sah unternehmungslustig in die Runde. »Wollen wir?«

Franzi und Marie kratzten die Reste aus ihren Cornflakes-Schalen, kauten und schluckten schnell.

»Fertig!«, rief Franzi.
Sie räumten das Geschirr in die Spülmaschine und schnappten sich ihre Rucksäcke.
»Haben wir das Dietrich-Set dabei?«, fragte Kim, während sie zur Bushaltestelle liefen.
Marie nickte. »Klar, wie immer.«
»Super. Und danke, dass wir nicht mit den Rädern fahren«, murmelte Kim.
Franzi kramte in ihrer Hosentasche nach den Fahrscheinen. »Ist schon gut. Wir brauchen zwar mit dem Bus doppelt so lange, aber das Haus mit dem Schönheitssalon liegt in einem Weinbergviertel. Ich glaube, da gibt es ziemliche Steigungen. Die möchte selbst ich nicht auf einem alten Dreigang-Rad hochfahren.«
Kim lächelte. »Da bin ich beruhigt.«

Eine Stunde später liefen die Detektivinnen eine schmale, steile Straße am Rande eines Weinbergs hoch. Alte Villen und schmucke moderne Häuser zogen sich den Hügel entlang.
»Schicke Wohngegend«, stellte Marie fest. »Da sind ein paar sehr schöne alte Villen dabei. Hier würde ich …«
»Da vorne ist es«, unterbrach Franzi sie leise.
Ihr Herz begann aufgeregt zu klopfen. Sie deutete zu einem zweistöckigen modernen Bau, der sich an einen Weinberg schmiegte. Auf der breiten Fensterscheibe im Untergeschoss war *Sissis Beauty-Salon* zu lesen. Die rosafarbenen Gardinen waren zugezogen und verbargen das Innere. Es waren jedoch die Schatten von zwei Gestalten zu erkennen, die sich langsam im Raum bewegten.

Neben der großen Scheibe gab es einen schmalen Eingang, der von zwei Buchsbaumkugeln in großen Keramiktöpfen flankiert war. Im Doppelcarport, der sich ans Haus anschloss, war eine silbergraue Limousine geparkt.
Franzi überkamen plötzlich Zweifel. Würden sie hier wirklich diese Gabi Lorenz finden? Was war, wenn die Frau einfach ein Foto aus dem Internet geklaut und für ihre Anzeige verwendet hatte? Genau das hatte sie ja auch mit dem Zwingernamen von Bettina Zöllner gemacht.
Franzi wollte ihre Freundinnen gerade darauf ansprechen, da wurde sie von Marie ein Stück zur Seite gedrängt. »Mach mal Platz, hinter uns kommt ein Auto.«
Die Detektivinnen blieben auf dem schmalen Randstreifen neben der Straße stehen und ließen den weißen Geländewagen vorbeifahren. Der Fahrer hob dankend die Hand.
Franzi sah nachdenklich auf das Haus mit dem Schönheitssalon, von dem sie jetzt vielleicht zwanzig Meter entfernt waren. »Mädels, womöglich wohnt diese Gabi Lorenz hier gar nicht.«
»Das habe ich mir auch schon gedacht«, murmelte Marie. »Aber einen Versuch ist es wert. Wir gehen da jetzt einfach hin, ich lasse mich beraten, und dabei versuchen wir, mehr in Erfahrung zu bringen.«
Plötzlich traten zwei Frauen aus dem Salon heraus. Gleichzeitig hielt das große weiße Auto im Carport.
Als die drei !!! das Haus erreicht hatten, war der Fahrer bereits ausgestiegen und hievte zwei Körbe mit Einkäufen aus dem Kofferraum. »Grüß Gott, Frau Bernreiter, wunderbar sehen S' aus!«, rief er zum Salon rüber.

»Danke, Herr Hölzel«, flötete die angesprochene Frau, die sorgfältig geschminkt war und ein blütenweißes Leinenkleid trug. Sie verabschiedete sich von der anderen Frau mit angedeuteten Wangenküsschen, stieg in den silbergrauen Wagen und fuhr weg.

Die Frau, die vor dem Salon stand, entdeckte die drei Mädchen. »Kann ich euch helfen?«, fragte sie freundlich.

Franzi durchfuhr es heiß. Sie stieß Marie und Kim unauffällig an. »Das ist Gabi Lorenz«, flüsterte sie. »Ich erkenne ihre Stimme!«

Die Frau strich sich eine Strähne, die sich aus ihrem hellblonden, raffiniert geschlungenen Dutt gelöst hatte, hinter das Ohr. Während sie besonders Marie fragend ansah, drückte ihr der Mann einen der Körbe in die Hand und sagte gehetzt: »Greg hat angerufen. Hast du alles vorbereitet?«

»Ach, Andreas.« Die Frau pickte einen Fussel von ihrem pinken Seidenoberteil und ließ ihn fallen. »Das hat doch noch Zeit«, sagte sie mit einem gelangweilten Gesichtsausdruck.

Der Mann zog verärgert seine Baskenmütze vom Kopf und steckte sie in die Hosentasche. »Ist okay, Elisabeth. Ich mach schon.« Er nickte den drei !!! abwesend zu und stellte den zweiten Korb mit einer brüsken Bewegung neben der Frau ab. Dann eilte er seitlich am Haus vorbei zu einer kleinen Gartenhütte und verschwand darin.

Die Frau hob eine Orange auf, die aus dem Korb gefallen war. »Männer«, sagte sie mit einem Seufzen und legte das Obststück zurück. Sie sah Marie erneut erwartungsvoll an. »Interessiert ihr euch für die *Junior-Summer-Skin*-Behandlung?«

Marie zuckte zusammen und sah von ihrem Handy auf. »Äh,

genau.« Sie schob sich die Sonnenbrille ins Haar und starrte auf den weißen Wagen im Carport. »Aber wir kommen lieber ein anderes Mal. Es ist heute zu heiß.« Sie steckte ihr Handy wieder ein, packte Kim und Franzi und zog sie mit sich. »Bis bald!«, rief sie der verdutzten Frau über die Schulter zu.

Franzi stolperte neben Marie her, die ihren und Kims Arm immer noch fest umklammert hielt. »Spinnst du?«

»Was ist los?«, wollte Kim wissen. Sie machte sich mit einer energischen Bewegung frei. »Warum bist du einfach weggelaufen!«

Marie sah hektisch zum Haus zurück. »Sie ist reingegangen, gut«, rief sie leise. »Kommt! Ich muss euch was sagen.« Sie lief zum nächsten Haus weiter, bog an seiner Seite rechts ab und verschwand hinter der hohen Hecke, die das Grundstück umgab.

Franzi und Kim sahen sich an. Schnell folgten sie Marie.

Ihre Freundin wartete nervös auf den Fersen wippend.

»Was ist los?«, rief Kim.

»Ich fasse es nicht«, zischte Marie. »Das weiße Auto im Carport: Das ist der Wagen von gestern! Und Andreas Hölzel ist derselbe Mann, der gestern aus dem Café kam und die Taschen mitgenommen hat. Ich habe ihn erst erkannt, als er die Mütze abgenommen hat.« Marie atmete scharf aus. »Ich bin völlig durcheinander. Was für ein riesengroßer Zufall!«

Kim machte große Augen. »Bist du sicher? Es gibt bestimmt tausende von solchen Geländewagen in Wien. Und den Mann gestern haben wir nur von hinten gesehen.«

»Der Wagen hat dasselbe Kennzeichen. Ich habe es mit dem Foto auf meinem Handy verglichen.« Marie biss sich auf die

Lippe. »Und bei Andreas Hölzel bin ich mir zu 99 Prozent sicher. Der Mann gestern hat zumindest die gleiche Jeansmarke getragen. Mit dem auffälligen gestickten Wellenmuster auf den hinteren Taschen.«
Kim nickte langsam. »Das ist allerdings der Hammer.«
Franzi wurde es erst heiß, dann eiskalt. »Er hat seine Frau gefragt, ob alles vorbereitet ist!«, rief sie. »Und, dass irgendwer angerufen hat.« Sie ballte die Fäuste. »Das hat was mit den Taschen zu tun. Die wollen die Schmuggelware verkaufen!«
Marie hatte jetzt hochrote Wangen. Sie flüsterte: »Andreas Hölzel ist in dieser Gartenhütte neben dem Haus verschwunden. Dort haben sie garantiert das Zeug gebunkert. Um Elisabeth Hölzel können wir uns später kümmern. Wir müssen sofort in dieses Gartenhäuschen!«

Schock im Keller

»Der Wagen steht nicht mehr da«, rief Franzi leise, während sie mit Kim und Marie vorsichtig die Straße überquerte. »Hoffentlich hat Hölzel die Schmuggelware nicht mitgenommen.«
»Hauptsache, der Typ ist weg«, meinte Marie. »Irgendwelche Spuren werden wir im Gartenhaus wohl noch finden.«
Sie liefen schnell ein Stück zurück in Richtung des Hauses, in dem *Sissis Beauty-Salon* lag. Als sie eine mächtige Eiche erreicht hatten, blieben sie stehen und drängten sich hinter den dicken Stamm. Sie lugten zur gegenüberliegenden Seite.
Kim kniff die Augen zusammen. »Ich glaube, Frau Hölzel ist noch da. Hinter dem Vorhang bewegt sich ein Schatten.«
»Was machen wir jetzt?«, fragte Franzi. Sie sah konzentriert zum Fenster hinüber. »Elisabeth Hölzel alias Gabi Lorenz kann jederzeit rauskommen und uns entdecken.«
Marie lachte trocken. »Dann sagen wir, dass wir eine *Junior-Summer-Skin*-Behandlung buchen wollen. Was auch immer das ist.« Sie zuckte zusammen. »Da kommt ein Auto!«
Ein roter Sportwagen rollte heran und wurde auf dem Platz neben dem Haus geparkt. Eine ältere Frau mit kinnlangen weißblonden Haaren stieg aus. Sie glättete umständlich ihren Seidenrock und betrat den Salon.
»Neue Beauty-Kundschaft«, raunte Marie. Sie sprang hinter dem Baum hervor. »Das ist unsere Chance! Jetzt ist die Lorenz-Hölzel drinnen abgelenkt.«
Sie überquerten schnell die Straße und sprinteten rechts am Haus vorbei. Leise schlichen sie zur Gartenhütte.

Franzi blickte sich um. Kein Mensch war zu sehen. Sie lauschte an der Tür. Stille.
Vorsichtig legte sie die Hand auf die verrostete Klinke und drückte sie langsam hinunter. Die Tür öffnete sich mit einem leisen Knarren. Franzi hielt die Luft an. Sie spähte ins Innere des Holzhäuschens. Im trüben Licht, das durch zwei Fenster mit staubigen Scheiben fiel, konnte sie in der Mitte des Raums eine Werkbank erkennen sowie ein Regal, das die gesamte hintere Wand einnahm. Es war mit Kisten und Kartons, alter Arbeitskleidung, Gummistiefeln und verrosteten Gartengeräten vollgestopft.
Die Detektivinnen schlüpften in die Hütte und schlossen die Tür hinter sich.
Marie steckte das Dietrichset, das sie bereits aus ihrem Matchbeutel geholt hatte, wieder ein. »Schön, dass es auch mal ganz leicht geht«, flüsterte sie.
Franzi starrte auf das Regal und die leere Werkbank. »*Leicht* ist gut gesagt! Wenn hier noch etwas sein sollte, dann ist es zwischen dem Kram im Regal gut versteckt.«
»Oder der Mann hat es mitgenommen.« Kim trat näher zu dem Regal. Der Holzboden knarrte.
Franzi fing an, die verdreckten Dielen zu begutachten. »Vielleicht gibt es ein Bodenversteck!« Sie kniete sich hin und besah die Fugen genau.
Marie zog eine Kiste aus dem Regal und sah hinein. »Bäh! Vergammelte Blumenzwiebeln.«
»Dazwischen könnte alles Mögliche verborgen sein«, sagte Franzi aufgeregt. »Wir müssen alles genau untersuchen.«
»Hm«, machte Kim. Sie begutachtete den Boden vor dem

Regal. »Interessant«, murmelte sie und richtete sich wieder auf. »Da sind Kratzspuren!«
Franzi und Marie liefen zu Kim.
»Es sieht aus, als wäre hier etwas häufiger über den Boden geschleift worden«, stellte Marie fest.
Franzi bückte sich. »Die untere Kante des Regals ist auch abgenutzt.«
Die drei !!! sahen sich gespannt an. Dann fassten sie gemeinsam ans Regal und zogen daran.
»Es bewegt sich«, ächzte Kim. »Vorsicht, dass das Ding nicht auf uns fällt.«
In dem Moment schwang das Regal wie eine große Tür auf.
Die Detektivinnen klatschen sich ab.
Franzi sah vorsichtig hinter das Regal. Ein sehr kleiner Raum lag dahinter.
Er war vollkommen leer.
Enttäuscht schlug Franzi gegen eins der Regalbretter. »Nichts mehr da.«
»Da ist ein Treppenabgang!« Marie deutete aufgeregt auf den Boden vor der Wand links im Raum.
Ein viereckiger Durchbruch in der Größe einer Haustür zeichnete sich auf dem zementierten Boden ab. Schemenhaft waren Stufen aus grobem Sandstein zu erkennen, die in die Tiefe führten.
»Das muss der Zugang zu einem alten Gewölbe sein«, raunte Kim. »Bestimmt stand hier früher ein Winzerhaus, das einen großen Weinkeller hatte.«
Franzi nickte abwesend. »Hat jemand eine Taschenlampe eingesteckt?«

»Nein.« Marie lief zum Treppenabgang und lugte hinunter. »An der Wand verläuft ein Stromkabel. Es muss Licht geben.« Marie stieg ein Stück hinab.

»Sei vorsichtig!«, rief Kim.

»Hier ist der Schalter«, klang Maries Stimme dumpf von unten zu Franzi und Kim.

Im nächsten Moment drang ein gelbliches Leuchten aus dem Schacht. Die beiden Detektivinnen fackelten nicht lange und folgten Marie.

Die Stufen führten etliche Meter steil nach unten. Je tiefer sie kamen, desto deutlicher war ein muffiger Geruch wahrzunehmen. Die Luft wurde zunehmend feuchter.

Etwa zehn Meter weiter unter ihnen blieb Marie plötzlich stehen. Sie blickte nach rechts.

»Hier ist ein Raum!« Marie verschwand aus der Sicht.

Franzi eilte weiter. Die Treppe endete in einem kleinen Steingewölbe. An der Frontseite und zur Linken waren Gänge zu erkennen, die mit Geröll und morschen Holzbalken zugeschüttet waren. Zur Rechten jedoch gab es einen offenen Durchbruch. Franzis Herz schlug ihr bis zum Hals.

»Kommt schon«, hörte sie Marie ungeduldig rufen.

Franzi und Kim traten vorsichtig durch den niedrigen Torbogen in ein kleines Gewölbe ein. Es war von einer einzigen Glühbirne erleuchtet.

Marie stand im Dämmerlicht vor einer der Wände.

»Was soll das sein?«, fragte sie leise.

Franzi und Kim liefen zu ihr.

Die Detektivinnen betrachteten irritiert eine Reihe schmaler Tische vor der Wand. Darauf standen mehrere Tierkäfige in der Größe, wie sie zur Haltung von Meerschweinchen oder Kaninchen verwendet wurden.

Marie beugte sich vorsichtig über sie. »Da stehen Näpfe mit Trockenfutter und Wasser«, stellte sie mit belegter Stimme fest. »Aber es sind keine Tiere in den Käfigen.« Sie blickte Franzi und Kim völlig verwirrt an. »Kann mir einer sagen, was das zu bedeuten hat?«

Franzi sah in einen der Käfige hinein. Er war mit frischem Zeitungspapier ausgelegt. Aus dem Augenwinkel fiel ihr ein Fetzen Papier auf, der unter dem Tisch lag. Sie hob ihn auf.

Das Papier fühlte sich fest und glatt an, auf einer Seite war es bedruckt. Franzi erkannte die Hälfte der Abbildung eines Schäferhundes und Teile einer Aufschrift: *ockenfutter für Hu*. Franzi runzelte die Stirn.

Und mit einem Mal schoss ihr ein fürchterlicher Gedanke durch den Kopf.

»Hunde«, keuchte sie. »Die Käfige sind für Hundewelpen!« Franzi hielt Kim und Marie den Papierfetzen hin. »Das ist ein Stück von einem Futtersack!« Sie stieß mit dem Finger auf die Aufschrift. »Da steht *Trockenfutter für Hunde*!« Franzi wurde schwindelig. Sie musste sich auf den Boden setzen, um nicht umzukippen. »Das hier ist die Hundezucht von dieser Lorenz, ich meine Hölzel!«, rief sie. »Bestimmt war die arme Lilly auch hier.«

Kim und Marie standen wie vom Donner gerührt da.

»Die schnieke Tussi und ihr Typ züchten illegal Hunde und verkaufen arme Hundebabys übers Internet!«, rief Franzi verzweifelt und riss ihr Handy aus der Hosentasche. »Ich ruf die Polizei.«

Kim kniete sich neben Franzi und legte ihr einen Arm um die Schulter. »Warte.« Sie nahm Franzi das Smartphone aus der Hand. »Hier sind keine Hunde. Die Käfige sind leer …«

»Womöglich gibt es ein weiteres Versteck, in dem die armen Tiere leben müssen«, platzte Franzi dazwischen. »Oder, nein, der Typ hat sie vorhin im Auto mitgenommen!«

Kim rieb sich die Schläfen. »Das ist alles völlig verrückt. Ich muss mich mal konzentrieren. Es kann doch nicht sein …«

»Verdammt!«, rief Marie dazwischen.

Franzi und Kim drehten sich erschrocken zu ihr um.

Marie hielt einen dunklen, schlaffen Gegenstand in der Hand. »Das lag in der Ecke neben dem Eingang«, zischte sie. »Es ist eine Tasche!« Sie zog den festen Stoff auseinander. »Eine leere Sporttasche – genau so eine, wie die Typen vom Schiff hatten!«

Franzi sprang auf. »Sie haben Welpen darin transportiert!«

Marie schwieg betroffen.

»Aber das ist so was von abwegig«, krächzte Kim. »Ich kann das nicht glauben.«

Franzi nickte mechanisch. »Das ist es. Es ist so abartig, dass es uns keiner glauben wird. Die Beweise reichen momentan nicht aus.« Sie sprang zu Kim und entriss ihr das Handy. »Ich mache Fotos von den Käfigen. Dann fahren wir sofort zum Hof zurück und schnappen uns Alex. Der hängt doch hier mit drin! Er muss jetzt reden!«

Marie packte die Sporttasche in ihren Matchbeutel. »Einverstanden. Hoffentlich ist Alex da.«

»Er sollte doch seine Schwester abholen«, sagte Franzi. Sie ballte die Fäuste. »Wenn er nicht da ist, dann …« Franzi überlegte fieberhaft. »Keine Ahnung, was dann. Er muss einfach da sein.« Sie schoss eilig ein Foto von den Käfigen und steckte das Handy ein. Im selben Moment klingelte es.

Franzi zog ihr Smartphone wieder aus der Hosentasche und sah aufs Display. »Das ist Blake«, murmelte sie und nahm das Gespräch an.

»Gut, dass ich dich erreiche!«, drang die aufgeregte Stimme ihres Freundes an ihr Ohr. »Könnt ihr zum Hof kommen? Hier ist der Teufel los.«

»Was ist passiert?«, rief Franzi.

»Erika Thaler hatte einen Unfall mit der Kutsche. Ihr und den Pferden ist zum Glück nichts Schlimmes passiert. Aber Alex flippt gerade aus. Simon und ich können ihn nicht beruhigen. Dr. Horvath ist zwar da, doch der sieht gerade nach den Pferden …«

»Ist gut«, unterbrach Franzi Blake. Sie atmete scharf aus. »Wir beeilen uns.«

Unfassbares Geständnis

Franzi und Kim sprangen aus dem Taxi. Sie sprinteten zur Einfahrt des Thaler-Hofs, während Marie dem Fahrer einen Geldschein in die Hand drückte und ihnen schnell folgte.
Als sie das Wohnhaus erreicht hatten, sah Franzi durch das offen stehende Küchenfenster, dass Blake und Simon am Tisch saßen. Die Jungs schwiegen und wirkten bedrückt.
Franzi stürmte zum Fenster. »Wo sind die anderen?«, fragte sie atemlos.
Blake sah Franzi ernst an. »Frau Thaler hat sich hingelegt. Connie holt Vanessa ab. Und Alex ist mit Dr. Horvath im Garten.«
»Wie geht es Frau Thaler?«
»Meine Mutter ist zum Glück nicht verletzt. Aber sie hat sich natürlich sehr aufgeregt.« Simon seufzte. »Irgendwelche Idioten haben die Pferde so erschreckt, dass sie durchgegangen sind. Die Kutsche hätte beinahe einen Baum gestreift. Mama konnte gerade noch Schlimmeres verhindern.«
Blake räusperte sich. »Alex ist vorhin völlig ausgerastet. Ein Mitarbeiter vom Hof hatte ihn und Dr. Horvath angerufen und über den Unfall seiner Mutter informiert. Alex ist dann total aufgelöst hier angekommen. Dr. Horvath konnte ihn aber vorhin endlich etwas beruhigen. Die beiden sitzen jetzt hinten im Garten.« Blake verzog den Mund. »Tut mir leid, dass ich euch so aufgescheucht habe.«
»Kein Problem!«, sagte Franzi. »Wir gehen mal zu Alex.«
Dr. Horvath und Alex saßen an dem kleinen Bistrotisch bei

den Rosenbüschen. Alex war auffallend blass und redete aufgeregt auf den Tierarzt ein.
»Es reicht!«, rief Franzi. »Du redest jetzt sofort mit uns!«
Alex schreckte hoch.
Dr. Horvath runzelte die Stirn. »Entschuldige bitte, aber wir haben gerade etwas sehr Ernstes zu besprechen.«
»Das haben wir auch.« Franzi merkte, dass sie wütend wurde. »Was hast du mit diesen Männern zu tun, die arme Hundewelpen in Taschen packen und anschließend im Keller in Käfige sperren?«
Alex riss die Augen auf. Tonlos schnappte er nach Luft.
»Erklär uns das!«, schrie Franzi.
Dr. Horvath blieb der Mund offen stehen.
»Woher wisst ihr von den Hunden?«, stammelte Alex mit zittriger Stimme.
Franzi trat näher zu ihm heran. »Ich habe also recht.«
»Ja!«, rief Alex verzweifelt. »Es stimmt, ich habe beim Welpentransport mitgemacht. Aber ich hab damals nicht geahnt, dass ein kriminelles Geschäft dahintersteckt.« Er hob die Arme. »Und von einem Keller weiß ich überhaupt nichts!«
Franzi schlug mit der Hand auf den Tisch. »Das glaube ich dir nicht!«
Dr. Horvath sah Franzi streng an. »Ich schlage vor, ihr setzt euch zu uns. Dann reden wir in Ruhe. Alex war gerade dabei, mir alles zu erzählen. Er ist sehr naiv in eine böse Geschichte geraten.« Der Tierarzt verzog den Mund. »In eine sehr böse Geschichte.«
Franzi atmete tief ein und aus. Dann nickte sie und setzte sich schweigend auf den leeren Stuhl neben Alex.

Kim und Marie nahmen rechts und links von Dr. Horvath Platz.
»Woher wisst ihr überhaupt von dem Welpenschmuggel?«, fragte der Tierarzt.
Marie räusperte sich. »Das ist eine längere Geschichte. Ich glaube, es hilft nicht weiter, wenn wir die jetzt erzählen. Nur so viel: Wir sind Detektivinnen und haben ermittelt.«
Der Tierarzt sah Marie, Kim und Franzi verblüfft an. »Also gut. Dann berichtet Alex jetzt am besten, was ihm passiert ist.«
Simons Bruder fuhr sich mit beiden Händen durchs Haar. »In Ordnung«, murmelte er. Den Kopf in die Hände gestützt und den Blick auf die Tischplatte gesenkt, begann er zu sprechen: »Ich bin vor zwei Monaten bei uns in der Straße mit dem Skateboard gegen das Auto von Gregor gebrettert. Der Wagen hatte einen teuren Lackschaden. Ich war echt verzweifelt. Das Geld für die Reparatur hatte ich nicht und meiner Mutter wollte ich auf keinen Fall etwas sagen. Es war mir so peinlich! Ich trainiere für Olympia, und dann passiert mir so ein dummer Fehler! Gregor hat mir angeboten, dass ich das Geld mit einem Job für ihn abarbeiten könnte. Den Vorschlag habe ich natürlich sofort angenommen!« Alex hob den Kopf. Er starrte ausdruckslos auf die Rosenbüsche. »Gregor sagte, dass er für eine Tierschutzorganisation arbeitet und den Transport von jungen Hunden von Bratislava nach Wien organisiert. Hier würden die Hunde an neue Besitzer vermittelt und es würde ihnen viel besser gehen als in den slowakischen Tierheimen oder auf der Straße. Ein offizieller Transport über die Grenze sei aber viel zu langwierig und aufwendig. Die Hunde müssten in Quarantäne, es gäbe viel Papierkram zu er-

ledigen und so weiter. Deshalb würden sie die Tiere bei Schifffahrten über die Donau nach Wien bringen. Dabei sollte ich helfen.« Der Junge rieb sich die Augen. »Ich hab einfach geglaubt, dass die ein bisschen illegal arbeiten, aber Gutes tun wollen!«

Franzi ballte die Fäuste. Kim fasste sie am Arm. »Lass Alex einfach erzählen!«

»Ich habe dann mit zwei Typen, Sven und Matze, mehrere Fahrten gemacht. Es war eigentlich ganz lustig. Gregor hat uns immer die Schiffstickets gegeben und wir sind los nach Bratislava. Wir haben einen Mann getroffen, der die Welpen, versteckt in einer Tasche, dabeihatte. Während wir Bier getrunken haben, hat er die kleinen Hunde in unsere Taschen unterm Tisch gesetzt. Dann sind wir wieder nach Wien zurück. Dort hat ein anderer Mann die Taschen übernommen und die Welpen dann zu ihren neuen Besitzern gebracht.«

»Das stimmt nicht!«, rief Franzi dazwischen. »Er hat sie in seinem Keller versteckt!«

»Aber das wusste ich doch nicht!« Alex schüttelte verzweifelt den Kopf.

Wieder packte Kim sie am Arm.

»Schon gut«, murmelte Franzi. Sie kickte nervös gegen das Tischbein, während Alex mit heiserer Stimme fortfuhr: »Gregor hat mir sogar den kleinen Labrador für meine Schwester vermittelt. Unsere Mutter hatte ihr zum zehnten Geburtstag einen Hund versprochen. Ich dachte, dass es schön wäre, wenn wir auch so einen aus dem Tierheim aus Bratislava zu uns holen.« Alex schluckte hart. »Da wusste ich doch nicht, dass ...« Seine Stimme versagte für einen Moment.

Dr. Horvath schüttelte den Kopf. »Eins nach dem anderen. Erzähl einfach weiter.«

»Okay. Ich fand es dann seltsam, dass mir der Mann, der in Wien immer die Taschen abgeholt hat, den Impfpass und einen Abstammungsnachweis für Greta gegeben hat. Ich hab gefragt, wie es sein kann, dass er die Papiere von einem Welpen hat, der aus der Slowakei kommt. Daraufhin ist der Typ richtig sauer geworden und hat nur gemeint, ich sollte nicht so blöd rumfragen.« Alex kniff die Augen zusammen. »Sven und Matze meinten auch, dass ich gefälligst einfach meinen Job machen soll und fertig. Die waren auf einmal alle so merkwürdig. Ich hab mich überhaupt nicht mehr wohlgefühlt. Außerdem ist so viel Zeit für die Fahrten draufgegangen, dass ich meinen Job beim Bäcker nicht mehr machen und kaum noch trainieren konnte. Das wurde mir alles zu viel. Also bin ich bei der nächsten Tour einfach nicht zum Schiff gekommen.«

Marie nickte. »Dann sind die Typen sauer geworden.«

»Genau! Gregor hat mich an dem Abend, als er das Essen zu uns gebracht hat, zur Seite genommen und runtergemacht. Er hat mich an die Schulden für den Lackschaden erinnert: Dafür müsste ich noch lange arbeiten.« Alex schüttelte den Kopf. »Ich habe ihm angeboten, dass ich einen anderen Job mache, aber davon wollte er nichts hören. Er meinte, dass ich ein Problem bekäme, wenn ich bei der nächsten Tour wieder nicht käme.« Alex schlug auf die Tischplatte. »Dieser Gregor ist ein knallharter Typ. Der sieht nett aus und tut harmlos. Aber in Wirklichkeit ist er total skrupellos!«

Marie sog scharf die Luft ein. »Die Typen an der Skaterbahn, das waren Sven und Matze?«

Alex nickte. »Gregor hat sie zu mir geschickt! Das kaputte Skateboard war ein Warnschuss von ihnen. Sie waren verärgert, weil sie die vier Welpen, die ich in meiner Tasche hätte transportieren sollen, in ihren unterbringen mussten. Sie haben mir gesagt, dass sie auch noch anders können, wenn ich nicht spure.« Alex rieb sich die Stirn. »Ab da war mir klar, dass an den Fahrten mit den Welpen etwas nicht stimmen kann. Ich wusste nur nicht, was.« Alex kniff die Augen zusammen. »Und dann habe ich vorgestern, ganz früh morgens, zufällig ein Gespräch zwischen meiner Mutter und Dr. Horvath mitgehört. Sie haben sich über den kranken Welpen von diesem Herrn Liesing unterhalten. Und über skrupellose Hundehändler-Banden, die in Osteuropa bei unseriösen Züchtern Welpen einkaufen, um sie in Österreich und Deutschland zum Zigfachen des Einkaufspreises über das Internet zu verkaufen.« Alex schlug sich die Hand vor den Mund. »Da habe ich geahnt, dass Gregor keine Tierschutzorganisation unterstützt, sondern auch so einem Hundehändler-Ring zuarbeitet.«

Franzi starrte entsetzt in die Runde. »Das ist alles noch viel schlimmer, als ich dachte.« Sie konnte nicht weitersprechen.

Alex sah sie traurig an. »Ich war auch völlig fertig. Mir war klar, dass ich etwas unternehmen muss. Aber ich wusste nicht, was. Ich hatte Angst vor Gregor, Sven und Matze. Trotzdem bin ich am Freitag wieder nicht zur Kurierfahrt gegangen. Stattdessen habe ich mich mit Lars getroffen. Ich musste einfach mit jemandem reden.«

»Du hättest sofort zu mir kommen müssen«, sagte Dr. Horvath.

»Ich habe mich geschämt, dass ich bei diesem dreckigen Geschäft geholfen habe!«, rief Alex. »Ich wollte allein irgendwas gegen die machen.« Er seufzte. »Lars war der Einzige, dem ich vertraut habe. Ausgerechnet mit ihm hatte ich mich auch noch am Donnerstag gestritten. Er war genervt, weil ich kaum noch zum Training gekommen bin. Und ich hab total überreagiert. Zum Glück war er nicht mehr sauer, als ich ihn angerufen und ihm alles erzählt habe. Er meinte sofort, dass ich zur Polizei gehen soll. Dafür wollten wir das Auto von dem blonden Mann verfolgen, um rauszukriegen, wo er die Welpen hinbringt. Aber wir hatten keine Chance, wir haben ihn aus den Augen verloren.« Alex sah Marie an. »Ihr wart da auch, vor dem Café, oder?«

»Stimmt.« Marie nickte langsam. Sie musste ganz offensichtlich gerade erst mal alles verdauen.

Alex verbarg das Gesicht in seinen Händen. »Ich weiß einfach nicht, was ich tun soll. Der Kutschunfall von meiner Mutter geht aufs Konto von Sven und Matze. Sie haben mich angerufen und gedroht, dass noch weitere schlimme Dinge passieren, wenn ich meinen nächsten Dienst nicht antrete. Deshalb bin ich vorhin fast durchgedreht.« Alex fuhr sich mit zitternden Händen durchs Haar. »Ich habe das Auto-Kennzeichen von dem Typen, der die Welpen hier in Wien immer mitnimmt. Aber wenn ich zur Polizei gehe und die den überprüfen, warnt er doch Gregor und die anderen.«

Dr. Horvath legte Alex einen Arm um die Schulter. »Wir werden das gemeinsam durchstehen.« Er seufzte. »Wir müssen einfach die Behörden einschalten.«

Franzi setzte sich kerzengerade auf. »Wahrscheinlich ist das

wirklich das Beste. Wir müssen allerdings dafür sorgen, dass alle Verbrecher erwischt werden. Und zwar möglichst zeitgleich. So, dass sie sich nicht gegenseitig warnen können.«
Der Tierarzt sah Franzi verdutzt an. »Wie willst du das machen?«
»Wir müssen ihnen eine Falle stellen.«
Alex runzelte die Stirn. »Wie soll das gehen?«
»Ich glaube, ich weiß, was Franzi meint«, sagte Marie.
»Alles fängt mit Gabi Lorenz an«, raunte Kim.
»Exakt!«, sagte Franzi.

Die Falle schnappt zu

Detektivtagebuch von Kim Jülich
Sonntag, 15:04 Uhr
Es ist unfassbar!!! Alex ist an eine kriminelle Bande geraten und hat geholfen, Hundewelpen über die Grenze nach Wien zu schmuggeln! Ihm war erst nicht klar, an welchem miesen Geschäft er beteiligt ist. Als er es gemerkt hat und aussteigen wollte, haben die Verbrecher angefangen, ihn zu bedrohen! Es ist absolut unglaublich: Diese Bande kauft in der Slowakei Welpen für ganz wenig Geld ein. Sie fälscht Impfpässe und Papiere und bietet die Hundebabys dann mit Lügenanzeigen an. Danach verschachern die Verbrecher die Hunde zu einem viel höheren Preis an ahnungslose Menschen in Österreich oder Deutschland. Dr. Horvath sagte, dass es den Züchtern, die die Welpen so billig verkaufen, völlig egal ist, wie es den Tieren geht. Die Hundebabys werden nicht geimpft und zu früh von ihren Mamas weggenommen. Deshalb sind sie meistens ganz klein und schwach und anfällig für Krankheiten. Lilly ist so ein Welpe. Und Greta auch! Zum Glück scheint Vanessas Welpe ziemlich stark zu sein, obwohl auch er deutlich jünger als zwölf Wochen ist. Dr. Horvath hat Greta gleich gestern Abend untersucht und heute Vormittag geimpft. Das ist ganz wichtig, damit sich gefährliche Krankheiten, wie zum Beispiel Tollwut, nicht ausbreiten!
Lilly geht es auch schon besser. Sie ist aus der Klinik rausgekommen und wird von Herrn Liesing und seiner Verlobten liebevoll umhegt und gepflegt. Wahrscheinlich ist sie krank geworden, weil sie das Beruhigungsmittel, das die Kriminellen den Welpen

immer vor dem Transport geben, nicht vertragen hat. Mir wird schlecht! Was sind das für Menschen, die kleinen Hunden Schlafpillen geben?!

Diese Verbrecher müssen unbedingt geschnappt werden! Hoffentlich funktioniert der Plan, den wir gestern mit Dr. Horvath ausgetüftelt haben: Franzi hat Elisabeth Hölzel alias Gabi Lorenz angerufen und gesagt, dass sie einen Labrador-Welpen kaufen will. Die Hölzel war ganz begeistert und hat zuckersüß getan. Genau ein Welpe sei noch da. Der knuffige Tobi. Schwarz mit weißem Nasenfleck. Sie könnte ihn gleich am Montag bei Franzi vorbeibringen. Die 680 Euro bräuchte sie aber in bar. Franzi hat gesagt, dass der Hund eine Überraschung für ihren Freund wäre und er den Kauf nicht mitbekommen solle. Also hat die Hölzel ein Treffen in einem Park vorgeschlagen. Unglaublich: Auf einmal ist es ihr egal, wie das Zuhause bei dem neuen Frauchen aussieht. Das war ihr doch angeblich so wichtig. Ist es ihr eben nicht! Sie will nur nicht, dass die Leute erfahren, wo sie wohnt. Pech gehabt, wir wissen es ...

Dr. Horvath hat gleich nach Franzis Telefonat das Veterinäramt und die Polizei angerufen und sie über alles informiert. Zum Glück war der Beamte, den er gesprochen hat, sofort bereit, alles zu veranlassen, um die Falle für die Hundeverbrecher zuschnappen zu lassen. Der Mann war beeindruckt, dass wir ihm so viel Beweismaterial schicken konnten: die Fotos, die Marie von Sven und Matze gemacht hat, die Fahrzeugkennzeichen, die Adresse von Elisabeth und Andreas Hölzel und ein Foto von den Käfigen im Keller und der Tasche.

Gregor ist tatsächlich vorhin bei Alex vorbeigekommen und hat ihm ein Schiffsticket für morgen Vormittag in die Hand ge-

drückt! Die Hölzel hat bestimmt gleich gestern Abend die »Hundebestellung« an Gregor weitergegeben. Dann hat er einen Labrador-Welpen bei seinen Mittelsmännern in Bratislava geordert, und der wird morgen, mit anderen bestellten Welpen zusammen, nach Wien geschmuggelt. Dieser Andreas Hölzel lässt die Hunde dann so lange in seinem Keller, bis seine Frau alle zu den Käufern gebracht hat. Das ist so schlimm!
Dieses Mal wird Alex die Kurierfahrt mitmachen. Die Verbrecher dürfen auf keinen Fall den Verdacht bekommen, dass er sie verraten hat.
Ich bin so aufgeregt. Hoffentlich geht alles gut!
Diesem schlimmen Geschäft muss ein Ende gesetzt werden!

Geheimes Tagebuch von Kim Jülich
Sonntag, 16:45 Uhr

Tu, was du nicht lassen kannst. Ich hab grad keine Nerven dazu, Lesespione zu verfolgen. Es gibt viel schlimmere Verbrechen. Leider!

Es ist alles so aufregend. Ich halte es kaum bis morgen aus! Zum Glück habe ich vorhin lange mit David telefoniert. Das war eine sehr gute Ablenkung. Von dem laufenden Fall konnte ich ihm natürlich nichts erzählen. Aber wir haben über unseren Fantasy-Krimi gesprochen. Ich war ja etwas sauer auf David und hatte ihm auf seinen intergalaktischen Explosions-Vorschlag nicht geantwortet. Das kam ihm dann etwas merkwürdig vor und er hat mich angerufen.
Dabei hat sich rausgestellt, dass er mich nur auf den Arm nehmen wollte. Er war sich sicher, dass ich sofort durchschauen würde, dass er einen Scherz macht.

Na ja. So ganz klar war mir das nicht. Als ich David gesagt hab, dass er schon oft abwegige Ideen hatte, die er vollkommen ernst gemeint hat, war er beleidigt.
Aber wir haben das dann auch noch klären können.
Um es kurz zu machen: David ist mit einer Liebesszene zwischen Junos und Laurina voll einverstanden. Wir werden beide je eine Fassung schreiben, dann sehen wir, welche wir nehmen.
Alles wird gut! Hach, David!!!
Jetzt mache ich aber Schluss. Wir müssen dringend noch ein paar Details für morgen mit Dr. Horvath und Alex besprechen.

Am nächsten Tag trafen die Detektivinnen Dr. Horvath in einem kleinen Kaffeehaus, das in der Nähe des Parks lag, in dem die Falle zuschnappen sollte. Es war früh am Nachmittag, doch das Licht war grau und trüb. Zunehmend verdunkelten große Regenwolken den Himmel und verdeckten die Sonne.
Franzi nahm einen kleinen Schluck von ihrer heißen Schokolade und sah auf das Handy, das vor Dr. Horvath auf dem Tisch lag.
Ihre Nerven waren zum Zerreißen gespannt. Seit gestern Abend fieberten sie dem Schlag gegen die Verbrecherbande entgegen. Jetzt war es bald so weit. Aber zuerst mussten sie noch eine Nachricht von Alex erhalten. Wann meldete er sich endlich? Er war um 10:00 Uhr mit Sven und Matze zur Kurierfahrt auf dem Schiff aufgebrochen. Wenn alles nach Plan verlaufen war, hatten sie einige Wiener Polizeibeamte gleich nach der Rückkehr und der Übergabe der Taschen festgenommen und mit aufs Revier genommen. Andreas Hölzel durfte von der Festnahme nichts bemerken. Das war der wichtige

und auch riskante Punkt des Plans. Hölzel sollte die Welpen nämlich unbehelligt nach Hause bringen, damit sie dort später bei einer Hausdurchsuchung gefunden werden konnten. Außerdem musste Elisabeth Hölzel den kleinen Labrador später im Park übergeben.

Franzi hoffte sehr, dass bisher alles gut gelaufen war.

Dr. Horvath trommelte mit den Fingern auf dem Tisch. »So langsam sollte …«

Das Handy klingelte. Der Tierarzt nahm es rasch vom Tisch und meldete sich.

Die drei !!! lauschten angespannt.

»Alex! Sehr gut.« Dr. Horvath nickte. Erleichterung zeigte sich in seinem Gesicht. »Perfekt. Und die beiden Kuriere haben nicht mitbekommen, dass du wieder freigelassen wurdest?« Der Tierarzt nickte erneut. »Das ist gut. Ja, wir sehen uns später.«

Kaum hatte Dr. Horvath aufgelegt, platzte Franzi heraus: »Es ist gut gelaufen, oder?«

»Ja. Die Kuriere sitzen auf dem Polizeirevier und werden getrennt befragt. Alex durfte nach Hause, er fährt jetzt gleich zu Lars.« Der Tierarzt atmete erleichtert aus und sah die Detektivinnen ernst an.

»Bin ich froh!«, rief Marie.

»Das ist schon mal geschafft«, murmelte Franzi. Sie sah auf ihre Armbanduhr. »Noch eine Stunde bis zum nächsten Showdown.«

Marie klopfte ihr auf die Schulter. »Das klappt!«

»Klar«, sagte auch Kim. »Zwei Polizisten in Zivil, Dr. Horvath und wir sind in der Nähe. Das muss reichen, um die falsche Schlange dingfest zu machen!« Sie runzelte die Stirn. »Mir wird richtig schlecht, wenn ich an diese Frau denke.«

Franzi sah auf das kaum angerührte Tortenstück auf Kims Teller. »Ich habe es tatsächlich noch nie erlebt, dass du so lange zum Kuchenessen gebraucht hast.«

»Es ist ein Jammer«, sagte Kim leise. »Da bekommt man das erste Stück *Wiener Sachertorte* seines Lebens serviert und kann es nicht richtig genießen.«

Marie seufzte. »Ich bringe gerade auch nichts runter.«

»Was soll ich erst sagen«, murmelte Franzi.

Ein kurzer Piepton erklang. Der Tierarzt sah auf sein Handy. »Eine Nachricht von Kommissar Moritz. Das ist der Mann, mit dem ich gestern gesprochen habe. Er leitet den Einsatz. Seine Leute sind schon vor Ort.«

Franzis Herz begann schneller zu pochen. Sie setzte das Basecap auf und zog es tief in die Stirn. »Marie, malst du mir die Lippen an? Ich glaube, meine Hände zittern zu sehr.«

»Klar, komm her.« Marie holte ihr Schminkmäppchen aus der Tasche und zog den korallenroten Lippenstift heraus.

Dr. Horvath räusperte sich und sah erstaunt zu.

»Wir sind Elisabeth Hölzel am Samstag bereits begegnet«, erklärte Marie, während sie vorsichtig Farbe auf Franzis Lippen tupfte. »Wir dürfen nicht Gefahr laufen, dass sie Franzi erkennt und misstrauisch wird.«

»Daran hätte ich nicht gedacht.« Der Tierarzt hob die Augenbrauen. »Respekt. Ihr seid wirklich auf Zack!«

»Alles Routine. Wir sind schon länger im Geschäft«, meinte Marie selbstbewusst. Sie steckte die Kappe auf den Lippenstift zurück. »Fertig.«

Franzi tastete in ihre Jackentasche. Der Briefumschlag, den Kim heute Morgen mit einem gefalteten Stück Zeitungspapier gefüllt hatte, knisterte zwischen ihren Fingern. »Das *Geld* habe ich auch«, sage sie mit ironischem Unterton. Sie trank ihren mittlerweile kalt gewordenen Kakao aus und sah nach draußen. Ein leichter Nieselregen hatte eingesetzt. Das Wetter passte zu dieser eigentlich sehr traurigen Aktion, die nun anstand.

Dr. Horvath winkte der Bedienung. »Wir sollten langsam aufbrechen«, sagte er mit ruhiger Stimme.

Eine Viertelstunde später lief Franzi mit klopfendem Herzen auf den vereinbarten Treffpunkt im Park zu: einen großen steinernen Brunnen mit einer Skulptur, die aus ineinander verschlungenen Fabelwesen bestand. Die Moosflechten auf den verwitterten Figuren glänzten in einem satten Giftgrün.

Elisabeth Hölzel wartete bereits. Sie hatte sich in der Nähe des Brunnens unter das dichte Blätterdach einer Buche gestellt. Ihren Mantel hielt sie mit beiden Händen vorsichtig zu.

Franzi sah sich kurz um. Die anderen befanden sich in einigen Metern Entfernung auf einer Rasenfläche. Dr. Horvath hatte einen Regenschirm aufgespannt und Kim und Marie fotografierten lachend mit ihren Handys. Es sah aus, als würde ein Vater mit seinen Töchtern einen kleinen verrückten Regentanz aufführen.

Weiter vorne standen ein Mann und eine Frau Hand in Hand an einem kleinen Auffangbecken, in das Wasser vom Brunnen floss. Sie unterhielten sich leise und wirkten wie ein selbstvergessenes Liebespaar. Das mussten die Beamten in Zivil sein.

Franz beschleunigte ihre Schritte. Als sie die Frau fast erreicht hatte, drehte diese sich um. Franzi sah einen kleinen Welpen-Kopf zwischen dem Mantelstoff herauslugen. »Tobi!«, rief sie leise.
Der Labrador-Welpe blinzelte müde.
Elisabeth Hölzel setzte sofort ein strahlendes Lächeln auf. »Da ist ja das neue Frauchen! Wunderbar. Lass uns schnell machen. Das ist vielleicht ein Wetter.« Sie zog ihren Mantel ein Stück zur Seite. »Sag hallo, Tobi!« Mit einer Hand hielt sie den Hund fest, die andere streckte sie Franzi entgegen. »Das Geld, bitte.«
Elisabeth Hölzel schien sie nicht wiederzuerkennen. Franzi atmete auf. Dann zog sie den Briefumschlag aus ihrer Tasche und trat noch näher an die Frau heran. »Geben Sie mir Tobi gleich, bitte, er ist so süß!«
Die Frau drehte sich leicht zur Seite, hielt aber Franzi weiter ihre Hand hin. »Gleich bekommst du ihn«, säuselte sie. »Wenn ich den Umschlag habe.«
Franzi seufzte innerlich. Die Tussi wollte erst das Geld zählen. Wenn sie das wertlose Papier entdeckte, würde sie natürlich den Welpen erst mal nicht hergeben. Die beiden Polizisten würden zwar sofort kommen und sie festhalten, aber womöglich gab es ein Gerangel und dem Tier passierte etwas. Das konnte Franzi nicht riskieren.
Sie ließ den Umschlag fallen und murmelte: »Wie dumm von mir.«
Die Hölzel fixierte das Kuvert auf dem Boden. Noch bevor sie sich bücken konnte, machte Franzi einen Schritt nach vorne und zog den kleinen Hund mit beiden Händen aus dem Man-

tel der Frau. In einer schnellen Bewegung wandte sich ab, hielt den weichen warmen Welpen vorsichtig in ihren Armen fest und lief einige Schritte weiter.
Die Frau schrie auf und wollte Franzi nachsetzen. Doch die beiden Beamten in Zivil waren schon längst bei ihr.
»Sie werden des illegalen Handels mit Hundewelpen verdächtigt«, sagte die Polizistin. »Wir möchten Sie bitten, mit aufs Revier zu kommen.«
Elisabeth Hölzel blickte sich hektisch um. Die Polizisten traten näher zu ihr. Dr. Horvath, Kim und Marie waren ebenfalls herbeigelaufen und standen mit verschränktem Armen vor ihr.
»Das ist ein Irrtum«, schrie die Frau. »Ein Missverständnis. Ich habe nichts Verbotenes gemacht!«
»Das werden wir prüfen«, sagte der Polizist nüchtern. »Sie kommen jetzt mit uns. Ihr Mann wird bereits auf dem Revier verhört.«
Elisabeth Hölzel riss die Augen auf und rief heiser: »Nein!« Dann schlug sie die Hände vor ihr Gesicht.

Jede einzelne Minute

Franzi nahm Greta auf ihren Schoß und vergrub die Nase im sonnenwarmen Fell des kleinen Welpen. »Es ist unfassbar, was manche Menschen mit Tieren machen«, sagte sie leise. »Wie gut, dass du jetzt hier bist!«

Vanessa, die neben Franzi im Gras saß, nickte. »Ich lasse die Gretl nie mehr aus den Augen!«

»Das ist gut.« Franzi lächelte. Sie strubbelte dem Welpen sanft über den Kopf und setzte ihn auf die Wiese neben Vanessa. Der kleine Hund stiefelte sofort auf das Mädchen zu und fing an, ihre Hand abzuschlecken.

»Franzi, du musst herkommen!«, rief Marie vom langen Holztisch bei der Pferdekoppel. »Dr. Horvath ist jetzt da. Er hat noch ein paar Informationen.«

Franzi sprang auf und lief zu den anderen rüber.

Der Tierarzt begrüßte gerade Erika Thaler und setzte sich neben sie. Er winkte Franzi zu.

Simon schenkte aus einem großen Krug zwei Gläser Holundersaftschorle ein. Ein Glas schob er zu Dr. Horvath, das andere stellte er vor Franzi ab, während sie sich neben Blake setzte. Simon hob sein Glas. »Auf die drei !!! und auf den Doc! Eure Aktion war stark.«

»Und ob!«, rief Connie. »Da denkt man, die Mädels amüsieren sich auf der Skaterbahn, und dabei schnappen sie eine Verbrecherbande!«

Frau Thaler nickte langsam. »Ich bin sehr froh, dass euch nichts passiert ist.«

»Das bin ich allerdings auch«, murmelte Connie.
»Ich glaube, die Mädchen wissen sehr genau, was sie tun«, sagte Dr. Horvath. »Auf euch!«
Die drei !!! nickten ihm zu und ihre Gläser stießen klirrend gegeneinander.
Franzi trank einen Schluck und genoss die prickelnde Süße. Sie stellte ihr Glas wieder ab. »Gibt es Neuigkeiten von Elisabeth und Andreas Hölzel?«, fragte sie schließlich angespannt.
»Sehr gute.« Dr. Horvath nickte. »Ich komme gerade von Kommissar Moritz. Er hat mir gesagt, dass sie heute Vormittag endlich gestanden haben. Sie konnten sich nicht mehr herausreden. Die Beweise waren eindeutig. Außerdem haben die beiden Kuriere gegen Andreas Hölzel ausgesagt.« Dr. Horvath runzelte die Stirn. »Sie erhoffen sich dadurch eine mildere Strafe.« Der Tierarzt seufzte. »Bei der Hausdurchsuchung wurden vier Welpen im Keller gefunden. Hölzel war gerade dabei, die Papiere für sie zu fälschen, als die Beamten ihn aufgesucht haben. Sie haben auch eine Liste mit Käufern und Adressen sichergestellt. Demnach hätte seine Frau die Tiere gestern am frühen Abend und heute Morgen ausliefern sollen.«
Franzi drehte ihr Glas in den Händen. »Was passiert nun mit den Hunden?«, erkundigte sie sich besorgt.
»Mach dir keine Sorgen. Sie sind, genau wie der kleine Labrador Tobi, von Mitarbeitern eines Tierheims mitgenommen worden und gut versorgt. Sie bleiben dort eine Zeit lang in Quarantäne, damit man ausschließen kann, dass sie ansteckende Krankheiten haben. Aber danach werden sie bestimmt schnell an neue, liebe Besitzer vermittelt.« Dr. Horvath lächelte Franzi zuversichtlich an.

Frau Thaler räusperte sich. »Und was ist mit Gregor? Diesem widerlichen falschen Typen!« Sie legte einen Arm um Alex, der still und blass dasaß. »Ich war so ahnungslos! Ich dachte, er ist ein wunderbarer Nachbar, der uns hilft und der ein gutes Verhältnis zu Alex hat.« Sie schüttelte den Kopf. »Ich mache mir wirklich Vorwürfe, dass ich so blind war.«

Alex zuckte mit den Schultern. »Diesen Typen kann man nicht durchschauen.«

Franzi schnippte ungeduldig mit den Fingern. »Was ist denn nun mit ihm?«

»Gregor bekam gestern Nacht Besuch in seinem *Würstelhimmel*!« Der Tierarzt zog die Augenbrauen hoch. »Und zwar von zwei Beamten und Kommissar Moritz höchstpersönlich! Er hat zunächst alles geleugnet und behauptet, weder die Kuriere noch die Hölzels zu kennen. Der Kommissar hat daraufhin Gregors Handy geprüft ...«

»Und die Telefonkontakte von ihnen gefunden!«, rief Kim. »Das dürfte wohl reichen!«

»Genau.« Dr. Horvath beugte sich vor. »Das ist aber nicht alles. In Gregors Telefonliste befindet sich eine große Zahl von slowakischen Nummern. Das müssen alles Kontakte zu illegalen Hundezüchtern in Bratislava sein, die ihn beliefert haben. Kommissar Moritz wird mit dem slowakischen Veterinäramt sprechen und die Überprüfung dieser Verbrecher fordern!« Der Tierarzt sah in die Runde. »Der Kommissar hat mir versprochen, dass er nicht lockerlassen wird. Es wird leider eine Zeit lang dauern, bis alle diese Leute ausfindig gemacht worden sind – aber dann werden ihre illegalen Zuchthöfe geschlossen! Ich fange noch heute an, Tierheime und Organisa-

tionen zu kontaktieren. Sie müssen sich auf die Aufnahme von sehr vielen Hunden vorbereiten.«
Alex ließ den Kopf hängen. »Ich werde es mir nie verzeihen, dass ich bei diesem dreckigen Geschäft mitgeholfen habe.«
»Nein«, sagte Marie bestimmt. »Du darfst dir keine Vorwürfe machen. Du hast nichts davon gewusst.«
Dr. Horvath nickte. »Niemand will sich vorstellen, dass es so etwas Schlimmes gibt.« Er trank langsam einen Schluck Holundersaftschorle, dann fuhr er mit ernster Stimme fort: »Wir konnten Gregor und den Hölzels das Handwerk legen. Aber es gibt noch andere Hundehändler-Banden, die ihre Verbrechen momentan leider weiter begehen. Das Geschäft mit den armen Welpen ist äußerst gewinnbringend und die Geldgier mancher Leute unermesslich. Kommissar Moritz nimmt an, dass Elisabeth Hölzel fast fünfzig Welpen im Monat verkauft hat. Sie, ihr Mann und Gregor haben damit über zwanzigtausend Euro im Monat eingenommen.«
Kim schnappte nach Luft. »Das ist unglaublich.« Sie rechnete kurz. »Das ist fast eine Viertelmillion Euro im Jahr!«
Dr. Horvath nickte. »Das Schlimme ist, dass es so viele Menschen gibt, die tierlieb, aber leider ahnungslos sind. Sie finden es wunderbar, wenn sie einen Welpen für recht wenig Geld ganz einfach über das Internet kaufen können. Dabei machen sie sich keine Gedanken, wo die Hunde herkommen. Solange das so ist, wird der illegale Handel weitergehen.«
»Das muss sich ändern!«, rief Kim. »Ich lege den Fantasy-Krimi erst mal auf Eis und schreibe einen Bericht für die Zeitung! Gleich morgen Abend, wenn wir wieder in Deutschland sind. David macht bestimmt mit, wenn ich ihm alles erzähle.«

»Das ist eine super Idee!«, sagte Franzi zufrieden. Sie lehnte sich an Blake. Er legte seinen Arm um sie und drückte sie sanft an sich.

Simon räusperte sich. »Darf ich übrigens an den Kuchen erinnern, den der Doc mitgebracht hat?« Er deutete auf einen großen weiß glänzenden Karton in der Mitte des Tisches. »Wenn noch länger die Sonne draufscheint, gibt es Schokobrei.«

Kim sprang auf. »Das müssen wir verhindern! Ich hole Teller und Gabeln.« Im Vorbeilaufen lächelte sie Dr. Horvath an. »Das ist total nett von Ihnen. Vielen Dank!«

Der Tierarzt schmunzelte. »Ich dachte, ihr müsst endlich die berühmte Wiener Spezialität genießen. Gestern war das ja ein bisschen schwierig.«

Wenige Minuten später kehrte Kim mit Tellern und einem großen Messer zurück. Vanessa gesellte sich, als sie den Kuchen auf dem Tisch stehen sah, sofort mit Greta im Arm zu ihnen. Erika Thaler schnitt die Schokotorte an und verteilte die Stücke.

Alle machten sich mit Appetit über den Kuchen her. Eine Weile war nur dezentes Schmatzen zu hören.

Franzi ließ den köstlichen Schokogeschmack mit geschlossenen Augen auf der Zunge zergehen.

Plötzlich erklang ganz nahe neben ihr ein leises Wiehern und Schnauben. Sie öffnete die Augen und blinzelte erstaunt. Hatte sich eins der Pferde von der Koppel zu ihnen rübergestohlen? Franzi sah sich schnell um. Nein, es war kein Pferd bei ihnen am Tisch.

Die anderen blickten ebenfalls irritiert in die Runde.

»Entschuldigt«, sagte Frau Thaler und griff über Franzis Arm hinweg zu ihrem Handy, das auf dem Tisch lag. »Da muss ich rangehen.«

Augenblicklich verstummten das Wiehern und Schnauben.

»*Happy Horses.*« Simon grinste. »Den Klingelton hab ich letzte Woche auf Mamas Smartphone geladen. Leiwand, oder?«

Blake bemerkte den irritierten Blick, den Franzi mit Kim und Marie wechselte. »Für alle Nicht-Österreicher: Simon findet den Klingelton *super.*« Er schlug seinem Kumpel auf die Schulter. »*Leiwand* war beim Rampentraining ungefähr jedes zweite Wort, das von ihm kam.«

»Alles klar.« Franzi musste lachen. »Der Ton ist echt, äh, leiwand. Den muss ich mir unbedingt besorgen. Mein Pony wird Augen machen, wenn ich plötzlich wiehern kann.«

Erika Thaler war in der Zwischenzeit aufgestanden und in Richtung der Koppel gelaufen. Sie machte ein zufriedenes Gesicht, während sie angeregt ins Handy sprach. Ein Mal winkte sie dem Tierarzt zu und zeigte mit dem Daumen nach oben.

»Mit wem spricht Mama?«, wollte Vanessa wissen.

Dr. Horvath lächelte geheimnisvoll. »Das wird sie uns bestimmt gleich sagen.«

»Ich weiß es!«, rief Simon plötzlich. »Mega-leiwand! Es geht um die nächste Wiener Spezialität! Ich hab vorhin gehört, wie sie mit ihrer Freundin Evi telefoniert hat, und ...«

»Simon!«, unterbrach ihn Frau Thaler, die wieder zum Tisch gekommen war, und lachte. »Untersteh dich! Das ist eine Überraschung von mir. Die will *ich* verkünden!« Sie steckte das Handy weg und strich sich eine Haarsträhne hinter das

Ohr. »Evi arbeitet in der Verwaltung im Prater. Sie hat für uns noch eine Fahrt im Riesenrad organisieren können, und zwar im Privatwaggon. Natürlich mit Verköstigung!«
Simon nickte anerkennend. »Hammer! Im Sonderwagen waren wir noch nie.«
»Lasst euch überraschen!« Der Tierarzt lächelte die drei !!!, Blake und Connie an. »Eine Fahrt im Riesenrad ist ein wunderbares Erlebnis. Der Blick über Wien ist fantastisch. Und im großen Privatwaggon macht es noch mehr Spaß!«
Frau Thaler klatschte in die Hände. »Macht euch fertig. In einer Stunde müssen wir da sein!«

Die drei !!! staunten, als Erika Thaler vor ihnen einfach an der langen Menschenschlange bei der Kasse vor dem Riesenrad vorbeilief. Eine Frau begrüßte sie lächelnd am Seiteneingang, sah kurz in einer Liste nach und nickte.
»Kommt!«, rief Erika Thaler über die Schulter, während sie der Frau folgte.
Franzi sah zu der Konstruktion aus gebogenen, verzweigten Eisenstangen hoch. Das berühmte Wiener Riesenrad war wirklich gigantisch. Als Passagiergondeln dienten antike, in hellem Rot gestrichene Eisenbahnwaggons mit blank geputzten Fenstern. In ihren Scheiben spiegelte sich die Abendsonne und hellgelbe Lichtreflexe umspielten die Waggons, während sich das Rad langsam drehte. Immer wieder blieb es zwischendurch stehen, damit die Fahrgäste der unten stehenden Gondel zu- oder aussteigen konnten.
Sie mussten eine Weile warten, bis der Waggon, der für sie reserviert war, unten angekommen war. Simon und Blake sahen

in der Zwischenzeit sehnsüchtig auf die in der Nähe aufragenden großen Rampen der Skaterbahn.

»Es war so fantastisch«, sagte Blake mit leuchtenden Augen.

»Du kannst echt stolz auf dich sein, dass du den Backflip dermaßen schnell gelernt hast!«, meinte Simon.

Blake drückte Franzis Hand und nickte langsam.

»Auf geht's«, rief Frau Thaler plötzlich. Sie deutete zu der Rampe, die am Eingang des Waggons vor ihnen ausgefahren wurde. »Die rollenden Raser zuerst.«

Blake und Simon ließen sich nicht lange bitten und fuhren zügig in die Kabine.

»Wow!«, rief Kim, als sie hinter den Jungs mit den anderen den Waggon betrat. »Das sieht toll aus!«

Das Innere der Gondel war mit glänzenden Holzpaneelen ausgekleidet. An den Wänden gab es lange gepolsterte Bänke, auf die man sich direkt vor die Scheiben setzen konnte, um die Aussicht zu genießen. Auf zwei runden Stehtischen in der Mitte waren Getränke und Teller mit sehr lecker aussehenden, bunt belegten Brötchen angerichtet.

»Vielen Dank!«, sagte Marie. »Die Überraschung ist Ihnen gelungen, Frau Thaler!«

»Es ist ein kleines Dankeschön an euch«, antwortete Erika Thaler. »Ihr habt wirklich Tolles geleistet. Jetzt sollt ihr einfach den Blick von oben auf unser schönes Wien genießen.«

Franzi nickte. »Au ja!« Sie lief zu einem der großen Fenster. Das Riesenrad hatte sich in der Zwischenzeit ein ziemliches Stück weitergedreht und sie konnte über den großen Freizeitpark bis hin zu den Praterauen blicken. Die Abendsonne stand wie ein großer leuchtend orangefarbener Ball am Horizont.

Blake rollte neben Franzi und hielt ihr ein Glas hin. »Hier, Kirschsaft, den magst du doch so gerne!«
Franzi nahm lächelnd das Glas. »Danke!« Sie trank einen Schluck und sah wieder hinaus.
In der Ferne zog ein Flugzeug über den Himmel. Es sah winzig aus, und der Kondensstreifen, den es hinterließ, wirkte wie ein kleiner weißer Strich auf einem großen blauen Papier mit orangefarbenen Schlieren.
Blake sah ebenfalls zu dem Flugzeug. »In so einem sitze ich bald und fliege weg«, sagte er leise.
Franzi nickte. Sie nahm Blakes Hand. »Ja! Aber noch ist es nicht so weit. Jetzt sitzen wir gerade hier und sind zusammen. Morgen fahren wir nach Hause, und auch da werden wir zusammen sein. Noch eine wunderbare ganze Woche lang.«
Ihr Freund lächelte sie an. »Wir werden jede Minute genießen. Jede einzelne Minute!«
»Genau«, flüsterte Franzi und kuschelte sich an Blake. Vor ihrem inneren Auge zog ein kleines Flugzeug über den Himmel und malte mit seinem Kondensstreifen ein großes Herz hinein.
Das Herz wurde größer und größer, und als es bis zur Erde hinabreichte, umfing es Blake und sie.
Franzi wurde ganz ruhig. Plötzlich war sie sich sicher: Blake und sie würden es schaffen, diese räumliche Trennung zu überstehen!
Als hätten sie in Franzis Gedanken gelesen, nickten ihr Kim und Marie zu und lächelten.
»Alles ist gut«, sagte Franzi. »Mit drei Ausrufezeichen dran!!!«

LESEPROBE

Mira Sol: Legende der Einhörner

Kim sprang ein. »Guten Tag! Wir sind vom Schülerjournal und machen eine Reportage über alte Bibliotheken.«
Der Professor runzelte die Stirn. »Das ist sicher eine gute Sache. Aber mir wäre es sehr lieb, wenn ich unterrichtet werde, bevor fremde Personen in diesen sensiblen Bereich gelangen.«
Meri schluckte. »Ja, sicher. Daran haben wir nicht gedacht.«
»Nun gut.« Der Professor lief zu einem der Arbeitstische an der Wand und sah sich suchend um. »Ich habe mein Handy hier vergessen«, murmelte er.
Er sah auf seine Armbanduhr. »Es ist schon nach sechs. Meine Damen, wollen Sie nicht für heute Schluss machen? Das Wochenende ruft.« Sophie wies mit dem Kinn zum Kopiergerät. »Wir wollten noch ein Kapitel einscannen.«
Der Professor nickte. »Wenn Sie meinen. Aber dann darf ich die drei jungen Damen bitten, mit mir zu gehen. Habt bitte Verständnis, aber aus versicherungstechnischen Gründen kann ich es nicht verantworten, dass ihr mit zwei studentischen Aushilfskräften hier alleine seid.«
Marie setzte ein gewinnendes Lächeln auf. »Wir bräuchten nur noch ein paar Minuten.«

Professor Gercke schüttelte den Kopf. »Nicht ohne meine Anwesenheit. Ihr könnt gerne nächste Woche kommen, wenn ich da bin.«

Marie runzelte die Stirn und setzte zum Sprechen an.

Sophie kam ihr zuvor. »Lasst uns telefonieren und einen Termin ausmachen, okay?«

Die drei !!! tauschten einen kurzen Blick. Es war offensichtlich, dass die Studentinnen keinen Ärger mit ihrem Professor haben wollten.

Franzi nahm ihre Jacke und ihren Rucksack. »Alles klar. Kommt, wir gehen.«

Kim und Marie schnappten sich ebenfalls ihre Sachen und verabschiedeten sich von den Studentinnen.

»Ich ruf dich an«, sagte Meri zu Franzi und klopfte ihr auf die Schulter. »Tut mir leid, dass das jetzt so gelaufen ist.«

Franzi schüttelte den Kopf. »Das ist kein Problem. Bis bald!«

»Nichts für ungut«, sagte Professor Gercke, nachdem die schwere Schlosstür hinter ihnen zugeschlagen war. »Ich finde es wirklich sehr schön, dass ihr euch für Bibliotheken interessiert. Aber die Bestimmungen der Versicherungen sind streng. Ich möchte meinen Ruf nicht aufs Spiel setzen.«

Die drei Freundinnen liefen mit dem Professor bis zum Ende der Steinbrücke. Dort verabschiedete sich der Mann von ihnen und nahm mit schnellen Schritten den Weg zum Westtor.

Franzi zwinkerte. »Sollen wir noch mal zurück ins Schloss?«

»Lieber nicht«, meinte Kim. »Ich will nicht, dass Meri und Sophie wegen uns Ärger kriegen.«

Marie tippte auf ihre Armbanduhr. »Außerdem haben wir gar nicht mehr so viel Zeit. Lasst uns zu mir nach Hause gehen.«

»Na gut«, antwortete Franzi sofort. »Ich freue mich schon total auf den Babysitterabend. Dein kleiner Bruder ist so süß.«
Marie nickte. »Das ist er wirklich. Aber ich warne euch: Finn wird versuchen, uns um den Finger zu wickeln, um ewig wach bleiben zu dürfen.«
»Das macht doch nichts«, meinte Kim. »Dann schlagen wir uns eben die Nacht um die Ohren. Morgen können wir schließlich ausschlafen.«
Die Mädchen liefen durch die einsetzende Dämmerung in Richtung Osttor.
Franzi seufzte. »Schade, dass wir nur so ein kurzes Stück von den Geheimgängen sehen konnten.«
Kim seufzte ebenfalls. »Ehrlich gesagt, finde ich das gar nicht so schlimm. Diese Gänge sind schon verdammt eng.« Sie rückte ihre Tasche zurecht. »Aber die Geschichte mit der Wunderkammer fand ich spannend. Ich würde gerne mal einen Blick in dieses Tagebuch werfen.«
»Hoffentlich meldet sich Meri bald«, stimmte Franzi zu. »Vielleicht ist es ja tatsächlich in einer der Kisten, die an den Restaurator geschickt wurden.«
»Wittert ihr etwa einen neuen Fall?« Marie grinste und flötete: »*Die drei !!! auf der Suche nach der geheimen Wunderkammer.* Warum nicht?!«
Kim zuckte mit den Schultern. »Mach dich nur lustig. Ich find's spannend.«
Sie bogen in die Allee ein, die ins Ostviertel führte, in dem Marie wohnte.
Plötzlich blieb Marie stehen und sah durch die schmiedeeisernen Stäbe des Zauns, der das Grundstück der Villa neben ihr

umgab. »Was war das?« Sie deutete in den hinteren Gartenbereich, in dem sich die schwarzen Silhouetten von mehreren mächtigen Tannen erhoben. »Da hat was geleuchtet.«
Franzi reckte den Hals. »Ich sehe nichts.«
»Doch«, beharrte Marie. »Da war ein blaues Leuchten.«
Franzi kniff die Augen zusammen. »Vielleicht ein Wetterleuchten? Es fängt bestimmt gleich an zu regnen.«
»Ich weiß nicht«, sagte Marie zögernd.
Im nächsten Moment riss Franzi die Augen auf. Ein blaues Schimmern war zwischen den Tannen aufgetaucht. Es nahm an Stärke zu, schien auf und ab zu schweben und zitterte unruhig. Und dann blieb Franzi der Mund offen stehen. Im Zentrum des blauen Leuchtens tauchte eine kleine weiße Gestalt auf: ein steigendes Pferd, dessen lange Mähne wild im Wind flatterte. Franzi schluckte. Mitten auf der Stirn des Tieres prangte ein langes, silbern glänzendes Horn.
Mit einem Schlag erlosch das Licht und die Gestalt wurde von der Dunkelheit verschluckt.
Franzi schüttelte den Kopf. »Leute, ich hab Halluzinationen«, presste sie hervor.
Marie fasste sie am Arm. »Hast du etwa auch ein …«
»… *Einhorn* gesehen?«, ergänzte Kim.
Marie lachte hysterisch. »Das kann ja wohl nicht wahr sein.«
In der nächsten Sekunde hörten sie einen schrillen Schrei.

Die drei !!!

Clevere Girls knacken jeden Fall!

- ☐ Die Handy-Falle
- ☐ Betrug beim Casting
- ☐ Gefährlicher Chat
- ☐ Gefahr im Fitness-Studio[e]
- ☐ Tatort Paris[e]
- ☐ Skandal auf Sendung[e]
- ☐ Skaterfieber[e]
- ☐ Vorsicht, Strandhaie![e]
- ☐ Im Bann des Tarots[e]
- ☐ Tanz der Hexen[e]
- ☐ Kuss-Alarm[e]
- ☐ Popstar in Not[e]
- ☐ Gefahr im Reitstall
- ☐ Spuk am See[e]
- ☐ Duell der Topmodels[e]
- ☐ Total verknallt![e]
- ☐ Gefährliche Fracht[e]
- ☐ VIP-Alarm[e]
- ☐ Teuflisches Handy
- ☐ Beutejagd am Geistersee[e]
- ☐ Skandal auf der Rennbahn[e]
- ☐ Jagd im Untergrund[e]
- ☐ Undercover im Netz[e]
- ☐ Fußballstar in Gefahr[e]
- ☐ Herzklopfen![e]
- ☐ Tatort Filmset[e]
- ☐ Vampire in der Nacht[e]
- ☐ Achtung, Promi-hochzeit![e]
- ☐ Panik im Freizeitpark[e]
- ☐ Falsches Spiel im Internat[e]
- ☐ Betrug in den Charts[e]
- ☐ Party des Grauens[e]
- ☐ Küsse im Schnee[e]
- ☐ Brandgefährlich![e]
- ☐ Diebe in der Lagune[e]
- ☐ SOS per GPS[e]
- ☐ Mission Pferdeshow[e]
- ☐ Stylist in Gefahr
- ☐ Verliebte Weihnachten
- ☐ Achtung, Spionage![e]
- ☐ Im Bann des Flamenco
- ☐ Geheimnis der alten Villa
- ☐ Nixensommer
- ☐ Skandal im Café Lomo!
- ☐ Tatort Geisterhaus
- ☐ Filmstar in Gefahr
- ☐ Unter Verdacht
- ☐ Die Maske der Königin
- ☐ Skandal auf dem Laufsteg
- ☐ Freundinnen in Gefahr
- ☐ Krimi-Dinner
- ☐ Das rote Phantom
- ☐ Hochzeitsfieber!
- ☐ Klappe und Action!
- ☐ Wildpferd in Gefahr
- ☐ Geheimnis im Düstermoor
- ☐ Tatort Kreuzfahrt
- ☐ Gorilla in Not
- ☐ Das geheime Parfüm
- ☐ Liebes-Chaos!
- ☐ Der Fall Dornröschen
- ☐ Spuk am Himmel
- ☐ Flammen in der Nacht
- ☐ Der Graffiti-Code
- ☐ Heuler in Not
- ☐ Tanz der Herzen
- ☐ Tatort Geisterbahn
- ☐ Gefahr im Netz
- ☐ Nacht der Wölfe
- ☐ Gefährliches Spiel
- ☐ Gefahr in den Ruinen
- ☐ Kuss der Meerjungfrau
- ☐ Legende der Einhörner
- ☐ Rätsel der Vergangenheit
- ☐ Tatort Hollywood
- ☐ #Falscher Ruhm
- ☐ Achtung, Gaunerzeichen!
- ☐ Das Bienengeheimnis
- ☐ Vier Pfoten in Gefahr
- ☐ Ein echt schöner Fall
- ☐ Geheimnis im Spukhotel

kosmos.de Alle Bücher auch als E-Book erhältlich [e] nur als E-Book erhältlich